CUE

CUENTOS de

Emilia Pardo Bazán

PLAZA
EDITORIAL

Título: Cuentos
Autora: Emilia Pardo Bazán
Editorial: Plaza Editorial, Inc.
email: plazaeditorial@email.com
© Plaza Editorial, Inc.

ISBN-13: 978-1492357148
ISBN-10: 1492357146

www.plazaeditorial.com
Made in USA, 2013

RECONCILIADOS

l pasar por delante del cementerio de aldea, me detuve un instante, mirando con interés aquella tierra como hinchada de vida, de la vida natural, que nace de la muerte. Plantas lozanas y fresquísimas reían impregnadas aún del rocío nocturno, al sol que iba a bebérselo golosamente. Eran flores de jardín, plantadas allí sin inteligencia, pero con el respeto que a sus difuntos demuestra siempre la gente labriega. Azucenas, rosas, alhelíes, margaritas, medraban en el terruño relleno de elementos favorables a su desarrollo, de abono de cuerpos humanos, y transformaban en perfumes Y en colores las descomposiciones del sepulcro.

Pero, recientemente, el terreno había sido removido, y faltaban, en un espacio bastante grande, las gayas flores: la tierra aparecía desnuda. Se habían cavado allí sepulturas recientemente. Y el viejo Avelaneira, el curandero, que me acompañaba, me hizo saber que eran dos las sepulturas acabadas de abrir, y que los dos que allí se habían enterrado a un tiempo, unidos en muerte por el odio y no por el amor, eran los dos mayores enemigos de la parroquia.

Inmediatamente quise recoger los hilos de aquella psicología que condujo a yacer vecinos a dos enemigos, y acaso a tener, cuando el cementerio recibiese nuevos huéspedes y no cupiesen sin hacerles sitio, abrazados sus huesos, confundidos, indiscernibles; porque, cuando el hombre se reduce a su última expresión, es cuando resuelve el problema de la suprema igualdad, no habiendo diferencia de tibia a tibia y de fémur a fémur...

¿Qué odio de muerte, qué irreconciliable ofensa separaba a aquellos dos hombres, que les hizo bajar al sepulcro el mismo día, y el uno por la mano del otro?

Saqué la verdad, como se saca de la tierra un objeto que escondió un culpable porque probaría su delito, de las inconexas explicaciones del viejo Avelaniera, que, un tanto comprometido por aquel suceso, y temeroso de que la justicia se metiese "en lo que no le importaba", no tenía ganas de soltar mucho la lengua. Pero sabía yo un medio infalible de que el curandero la soltase, y aún más de la cuenta, si a mano venía. Era este remedio eficaz una botella de aguardiente del Rivero, de esas que parece que tiene aceite cuando llevan en la bodega algunos años. En cuanto se hubo echado por el embudo de la garganta un par de copas de aquel néctar peligroso, Avelaneira empezó a divagar unas miajas, y, últimamente, a espontanearse, sacando yo por el hilo de su alegría aguardentosa la realidad de un hecho que a los diez días estaría olvidado por su mismo misterio. El aldeano trata de no hablar de lo que puede acarrearle alguna desazón con alguien. Y no hablando de las cosas, se borran, como si no hubiesen sucedido jamás.

Ahora bien: tío Roque de Manteiga y tío Selmo de Vieites poseían tierras lindantes, que cultivaban con sus propias manos. Estaba deslindada la propiedad de cada uno cien veces y escrupulosamente, mata por mata y terrón por terrón; pero existía un arrecuncho, un retal de terreno, mal deslindado y que habían pleiteado ya en el Juzgado, camino de la Audiencia. Lo fatal de aquel rinconcete, que, según la gráfica frase del Avelaneiro, era "grande como una sepultura", consistía en que, a favor de la pretensión de poseerlo, cada uno quería aumentarlo, y tomaba pretexto del litigio para roerle al otro, al margen, unas raspillas de esa tierra, para el aldeano más preciada que el oro. Mil veces ya se habían encontrado frente a frente los dos viejos, puesto el pie sobre lo que cada uno de ellos creía su propiedad, y se miraron con ardientes ojos de codicia, saludándose entre encías, pues dientes no les quedaban. Las manos sarmentosas se estremecían empuñando el mango del azadón, y la cólera les hacía babear, aunque por el buen parecer murmurasen:

—Santos y buenos días nos dé Dios.

—Muy santos y buenos.

La discusión nacía en seguida, agria y empeñada.

Roque, el ganancioso del pleito en el Juzgado, había puesto patatas en el terreno que ya, según la ley, era suyo; y, por la mañana, encontraba que una mano aviesa se las había desenterrado todas, una por una.

—¡Si supiese yo quién fue el capón, el carina, que me desenterró mis patatas... malia para él! —rezongaba, cerrando el puño.

Y el capón estaba allí, a dos pasos, hipócritamente ocupado en cavar su heredad de maíz.

A la noche, poco después, la venganza no se hizo esperar mucho: apenas nacido el maíz, cuando era una tiernecita planta, poco más alta que una hierba, por la noche una mano airada los arrancó todos. Y fue el tío Selmo el que, jurando como un demonio, cerró los puños en dirección de la casa de su enemigo, que aquel día, con un disimulo revelador, no había querido venir a trabajar, haciéndose el enfermo y gimiendo mucho. Era, en parte, verdad cuanto de sus achaques y dolencias dijéranse los dos vejestorios, pues estaban ambos bastante averiados: el uno, no cumpliendo los sesenta y ocho; el otro, con los setenta a cuestas; pero sólo el anhelo de lucro, ese lucro tan humilde de la tierra labradía, bastara a moverlos, a apasionarlos de tal modo, que sus cuerpos usados y tomados de orín por la edad y las fatigas parecían recobrar un vigor juvenil cuando manejaban el sacho o, empeñados en no interrumpir sus amores con la tierra morena, la amada de toda su vida, y en fecundarla una vez más. ¿Y por qué tenían tanto afán de hacer producir a la tierra aquellos dos carcamales? Ni uno ni otro eran lo que en la aldea se dice pobres. El tío Roque era viudo y no tenía más familia que una sobrina, sirviente en Marineda. El tío Selmo había mandado a América dos hijos ya hombres, y desde allá le remitían a veces una letrita, con la cual compraba otro retazo de tierra, alguna heredad pequeña, un cacho de monte, un manchón de castaños. Poseer, poseer: he ahí el empeño loco de ambos ancianitos. Y todo lo que poseían les importaba menos que aquel retal grande como una tumba, que se disputaban con furor. Por ganar el pedazo hubiesen sacrificado con gusto el resto de lo que tenían, aun cuando luego hubiesen de mendigar por los caminos o pedir un jornal, que ya no les daría nadie.

No era ya el pedazo; era su honra, era su dignidad, era su amor propio, era, sobre todo, su odio insatisfecho lo que en ellos se lanzaba con la fuerza que adquieren en la vejez las manías, y les decía en sueños y despiertos que esto no se quedara así, que ya había alguien que tenía que pagarlas todas juntas... Caía la tarde del día de San Juan, cuando se rompieron las hostilidades ya a mano armada. Exasperado por la arrancadura de su maíz nuevo, el tío Selmo se emboscó al paso del tío Roque y le disparó un croyo, una piedra perlada y lisa, con filo, como una antigua hacha de sílex. Apuntaba el viejo a la cabeza; pero su mano caduca erró la puntería, y la peladilla fue a dar en el brazo. Al agudo dolor, Roque cayó en tierra, gimiente. Pensando haberle dado un buen golpe, huyó el agresor cuan ligero pudo. Al otro día, en virtud de unas fricciones de ruda, aceite y romero cocido que el curandero le administró, salió a su heredad el lesionado, sin mal de ninguna clase. Allí estaba ya Selmo trabajando el pedazo maldito, echando en él no se sabe qué simiente... La sangre, aún no helada, de Roque, dio una vuelta.

—Si no se va... largo...

La amenaza la acentuaba el movimiento de alzar la horquilla de puntas de hierro, que había sacado, no sabemos si para traer un haz de árgoma, o si para llevar arma defensiva y ofensiva. Selmo, por su parte, requirió la azada, reluciente por el uso. Avanzaron los dos, en vez de retirarse con prudencia, y sus labios sumidos murmuraban juramentos atroces, blasfemias bárbaras. Las piernas les temblaban a los dos; pero ni uno ni otro querían que se les notase la flaqueza, y suponían que jurando iban a parecer más fuertes, más recios. Al aproximarse, Selmo sacudió el primer golpe, un débil azadonazo, en el hombro de Roque. Este se hizo atrás, pero no sin esgrimir su horquilla, dirigiéndola contra el pecho del enemigo. Fue a clavarse en el estómago. Las puntas aguzadas penetraron en la carne. Aulló el herido, maldiciendo. Roque acababa de caer, arrastrado por la propia fuerza con que había querido asestar el golpe, consumiendo en tal arranque cuanto le restaba de energía. Y, al verle en tierra, el otro recogió del suelo su azada, y ya esta vez fue certero. La cabeza sonó como una olla que se parte. Luego, un azadonazo vigoroso quebró huesos y costillas...

Ambos contendientes, arrastrándose, se retiraron a su casa, mal como pudieren. Denuncia a la Justicia, no la hubo. El aldeano pleitea por la propiedad; por la vida, rarísima vez acude a los jueces. Ni aun al médico. Fue el bueno de Avelaneiras el que los vio a los dos. El del horquillazo en el estómago no conservaba la comida; la herida era poca cosa, pero el órgano se negó a funcionar, y ya se sabe lo que es esto para un viejo. El del azadonazo en los sesos, saltó a fiebre y delirio, y a coma mortal. Y el mismo día los depositaron en un espacio de terruño igual en dimensiones al que pleiteaban, pero donde, al menos, estuvieron en paz. No discutieron, no se agredieron, no se dijeron malas y feas palabras de denostación. Y las flores que después crecieron allí no hicieron diferencia entre los dos hombres que se odiaron.

"La Ilustración Española y Americana", núm. 18, 1914.

La salvación de don Carmelo

Los que conocíamos a aquel cura de Morais estábamos un poco escandalizados de que continuase al frente de su parroquia. Y, en efecto, confirmando nuestras extrañezas, y que rayaban en indignaciones, poco tardó en tener un coadjutor in capite, quedando así como un militar de reemplazo, ya sin poder cometer desafueros en su ministerio.

Era don Carmelo una calamidad. Siempre a caballo por ferias y fiestas aldeanas, al ir, acaso no peligrase su equilibrio a lomos del jacucho; pero, al volver, parecía milagro verdadero que se tuviese en el tosco albardón, porque la gravedad es, según dicen, imperiosa ley natural, y el cura se inclinaba con exceso a uno y otro lado. Alguna vez es fama que rodó a la cuneta. No se hizo daño. Hay estados en los cuales el cuerpo se vuelve de goma. No suele, en estas solemnidades y reuniones campesinas, andar solo Baco. Naipes mugrientos le hacen compañía, y don Carmelo era capaz de jugarse hasta el alzacuello y el bonete. Así estaba de trampas y de miseria, que a veces no tenía, materialmente, con qué comer, aun cuando aseguran que de beber nunca le faltó.

Por si tantas cualidades fuesen pocas, aún dice la crónica que don Carmelo pasaba de quimerista. Donde se armase greca allí estaba el cura de Morais, congestionada la faz, color berenjena, chispeantes de cólera los ojos y alzado el puño para sacudir sin duelo, imponiéndose con la valentía más fanfarrona, porque donde estuviese él no campaba ningún guapo, y cuando a él se le subía el vinagre a las narices, mejor era tener la fiesta en paz.

Tocante a otras flaquezas que revelan lo mísero de la condición humana, mucho se discutía, y había partidarios de que el cura no hubiese cometido, en tal respecto, graves desmanes; pero los que también en este respecto le acusaban, dispusieron de un argumento poderoso el día en que vieron en casa de don Carmelo a un niño, por cierto precioso, casi recién nacido, al cual criaron como pudieron, dándole a beber leche de vacas y puches de harina de maíz, la vieja y cerril ama del párroco.

El niño resistió a este régimen, y hasta a los sorbos de vino que le atizaba, para "consolarlo", en sus perrenchas don Carmelo, y creció fuerte, travieso, lindo y crespo como un arbusto del monte, dando cada día más que decir, porque nadie sabía quiénes eran sus padres.

—Entonces, el rapaz, econtrástelo detrás de un tojo, ¿eh? —preguntaba maliciosamente el arcipreste de Loiro, hombre de gran autoridad entre el clero diocesano.

Y don Carmelo, que le veía venir, contestaba bruscamente:

—Hom, poco menos. Volvía yo de Estela, cuando aquello de los ejercicios que nos encajó el arzobispo, que así le encajen a él... ya sé yo qué... y tan cierto como que Dios nos oye, iba fumando, bien distraído, y si pensaba era en que se hacía tarde para llegar a la hora de la cena a mi casa. A más, empezaba a llover, y el jaco no tenía ganas de menearse; con tantos días como llevaba en la cuadra, se conoce que tenía orín en las junturas. Bueno, pues yo le daba con los tacones para meterle prisa, cuando se me ocurre: "Si tuviese una varita verde no se reiría de mí este zorro." Justamente veo a la izquierda de la carretera unos vimbios, y salto a cortar una vara con la navaja, cuando oigo un llanto de chiquillo pequeño. Miro para todas partes y allí estaba el rapaz, liado en mucha ropa, trapos viejos y guiñapos colorados, que no se le veía la cara. Miré para todas partes, pensando que la madre andaría por allí. Di voces. No acudió nadie de este mundo. Anduve arreo un cuarto de legua, preguntando en todas las casas, con el rapaz debajo del brazo, que se desgañitaba, y nadie sabía nada, todos se hacían cruces. En una casa me dieron por caridad una cunca de leche, y el mocoso bien que se la bebió poco a poco. ¿Yo qué había de hacer? Cargué con el chiquillo y me presenté con él en casa. Ramoniña me quiso arañar; dijo que iba a echar al rapaz en el pozo... como a las crías de la gata... y ahora se quita de la boca el pan para que él coma a gusto. Cosas de la vida, ¿eh? Alguna salerosa —don Carmelo llamaba así a las hembras alegres— que le estorbó el neno y le soltó allí para que se muriera; pero no estaba de Dios.

A pesar de las detalladas circunstancias con que autentificaba su relato el cura, un guiño del arcipreste a otros párrocos solía indicar que a él no se la daban con queso, y que a perro viejo no hay tus tus.

La propia Ramoniña, el ama, que parecía hecha de sebo, no tragaba la narración del encuentro del rapaz. Lo creía cosa de casa. Al principio, don Carmelo rechazó, encolerizado, las sospechas. Después se limitó a encogerse de hombros. El moneco sin embargo, tenía gran parte de culpa en la severa decisión del arzobispo, cuando puso al coadjutor a aquel párroco tan censurado.

Don Carmelo se resignó. Ya ni se tomaba el trabajo de repetir la historia de la vara verde y del recién envuelto en trapos. Cuando Ramoniña enseñó a Ángel —tal era su nombre— a llamar hipócritamente al cura señor tío, don Carmelo, soltando un pecado, vocejoneó:

—¡No, llámame señor padre! Al fin te han de decir todos, mal rayo los coma, que eres mi hijo.

Y el chico lo creyó de buena fe, y con la mayor sencillez decía mi padre, sin notar, al pronto, las risas malévolas de los que le oían. Sin embargo, los niños crecen y hasta en la aldea se despabilan, se hacen listos, en especial si lo son tanto como lo era éste. A la primera vez que Ángel percibió la intención denigradora con que le preguntaban por su papá —tenía el rapaz sólo doce años—, descargó tal puñada en las narices de su interlocutor, un cura joven, muy relamido, que le dejó temblando los dientes y la cara bañada en sangre.

Y como don Carmelo estuviese cada vez más beodo y más pobre, el muchacho, creyendo llenar un deber más sagrado aún que el de la gratitud, se dio a trabajar para mantenerle.

No se sabe cómo aprendió el oficio de carpintero, además de los menesteres de la labranza. Con su jornal, y trabajando además en el huerto, pudo alejar de la rectoral la miseria, y desplegando una energía que parecía aconsejarle la naturaleza, combatió el vicio, que, con la vejez, había dominado ya a don Carmelo totalmente. Le ayudaron los ataques de gota que, sujetando al cura en un viejo sillón de baqueta, no le permitían buscar en las ferias y tabernáculos satisfacciones a su crónica sed de dipsómano. Ramoniña había muerto, de juntársele las mantecas, y la nueva criada, una moza parva como un conejo de monte, obedecía ciegamente al muchacho. Allí no entraba vino ni sus derivados, a pesar de las súplicas angustiosas de don Carmelo.

—Rapaza, veme por un chisco...

—No; hame de dispensar...

Y el cura tuvo, efecto de este régimen riguroso, una notable mejoría, hasta sentirse tan bien, que, como quien se fuga de una cárcel, con precauciones de ladrón, se escapó, aparejó el jacucho y se fue al funeral de don Antonio Vicente de la Lajosa, un gran señor local, rico mayorazgo. Ya se sabía: después de la función religiosa, gran cuchipanda, el festín fúnebre en la casa solariega, cuyas bodegas eran famosas por su cubaje magnífico, y su vino, el mejor de la comarca. Corrió éste, no digamos que a raudales, pero sí a colmados jarros, y don Carmelo, feliz como hacía tiempo no se había sentido, fue estibando en su estómago la poderosa carga del mucho cerdo, los pollos con azafrán, el bacalao guarnecido de patatada y la carne con patatada también, sazonada de pimiento picante rabioso. Y como todos estos platos son ahogaderos y ponen la boca más seca que la de un can cuando corre, hubo que diluirlo en mucho de aquel bendito licor, reposado y frío en las grandes cubas, y que no parece sino que cada vaso llama por su compañero, con voces apremiantes, como si no pudiese valerse solo... Tal fue el desquite del cura de Morais, que ni aun pudo, de sobremesa, tomar parte en una partidilla que allí se armó. Los licores, el aguardiente servido con el café, le dieron el golpe de gracia. Ángel, que acudió desolado, le tuvo que recoger y que llevar, con ayuda de varios vecinos y a puñados, a la rectoral. Al día siguiente el médico soltó una porción de terminachos, que todos venían a resumirse en que el párroco no salía de aquella. Y se le sangró, y se le aplicaron revulsivos; pero como si se los pusiesen a un cepo. Murió sin recobrar el conocimiento, mientras Ángel, deshaciéndose en amargas lágrimas, se negaba a creer en la realidad del caso.

Y aquí viene lo sobrenatural de la aventura. Algún reportero debió de entrevistar a San Pedro, pues de otro modo parece difícil comprender cómo llegó todo esto a conocimiento de los mortales. Es el caso que el pobre cura de Morais se presentó a las celestes puertas cogido de la mano de un niño pequeño.

—¿Tú aquí, calamidad? —refunfuñó San Pedro, que hizo sonar hostilmente su manojo de llaves recién bruñiditas.

—Yo, señor... Ya conozco que es un atrevimiento.

—¿Y con el arrapiezo te has venido?

—Sí, gran Apóstol... porque yo creo que aquí se sabe la verdad y no han de hallar eco las calumnias de mis colegas. Aquí lograré yo averiguar quién fue la grandísima perra que soltó a este pequerrucho cerca del arroyo para fastidiarme a mí. Es cosa de risa: cuanto malo hice en mi vida no me costó los disgustos que esta única buena acción.

—¡Pues por ella entrarás... que como no te acompañase este picarillo, a la puerta te me quedabas!

El niño tiró de la mano del cura y le empujó adentro. Él se quedó fuera, y con voz gorjeadora exclamó:

—¡Adiós, hasta la vista, papá!

"La Esfera", núm. 7, 1914.

Episodio

Cada diez o quince años los piratas argelinos hacían desembarcos en la costa.

Metíanse tierra adentro por las aldeítas, arrasando y robando la plata de las iglesias, el tocino de las huchas, el ganado de los establos y, de las pobres chozas, las muchachas y muchachos bonitos. No siempre lo hacían a mansalva. También los labriegos tenían sus garrotes de tojo y sus hoces y bisarmas, y si no eran sorprendidos en sueño profundo y acuchillados inmediatamente, sabían resistir. Por eso preferían los piratas, para sus incursiones, las horas nocturnas.

Y era noche bien oscura y larga aquella de diciembre, en que la aldeílla de Freseira, aletargada en su paz humilde, despertó al fulgor de las teas y a los alaridos de hombres con cara de bronce y ojos blancos —hombres semejantes a demonios—. Cuando los del rueiro se dieron cuenta del peligro, ardían ya dos o tres casuchas como yesca, cebado el incendio con la hierba seca de las medas y los haces blondos de

21

los pajares, Las voces de socorro, los ayes de muerte, los ¡Dios nos valga!, fueron la única defensa de los infelices.

Capitaneaba a los piratas un renegado español, Alí Buceya, que pasaba por cruelísimo. No era misericordioso, en general, ninguno de los que a su mismo oficio se dedicaban; pero Alí Buceya, según noticias, no desplegaba sólo la inhumanidad inherente a tales empresas, sino que se gozaba y complacía en cuantas atrocidades conseguía realizar.

Extraña fruición experimentaba cuando, por orden suya, eran aplicadas torturas a sus prisioneros, y las presenciaba y dirigía, lo mismo a bordo de su galeota que en los jardines de su residencia. Con ser tan grandes su dureza y maldad, las superaba su lascivia. Mejor dicho, se confundían ambas inclinaciones. No había para él goce si no lo sazonaba el ajeno sufrimiento. Decíase que, castigado antaño por la Justicia, en su patria, con pena dolorosa e infamante, se desquitaba ahora, que era rico y poderoso, de lo que había padecido; y érale más sabroso el desquite cuando torturaba a compatriotas suyos. Por eso hacía siempre tanto prisionero; víctimas señaladas de antemano para el apaleamiento, empalamiento y los azotes mortales.

Ocioso era, con semejante corsario, que las mujeres de Santa María de Freseira, hincadas de rodillas, pidiesen misericordia. Apartada la presa que habían de llevarse, los piratas se hartaron de degollar, arrojando a los semivivos al brasero del incendio, que ya se propagaba a la aldea toda.

Dilatadas las fosas de su nariz de ave de rapiña, Alí Buceya contemplaba el estrago. Acababan de segar el pescuezo a una mujer que tenía en brazos a un niño, y que, convulsivamente agarrada a él, no lo soltaba ni al desangrarse, cuando trajeron a rastras, por su copiosa mata de pelo rubio, a una mocita como de veinte años. Venía según la arrancaron de su lecho, cubierta sólo por la gruesa camisa de estopa, descalzos unos pies blancos que el uso del zueco no había logrado desfigurar. Intentaba cubrirse el rostro con los redondos brazos; pero se los apartaron, y Alí vio, con sonrisa sardónica jugando entre el corvo bigote, un semblante celestial, unos ojos azules en que se pintaba el terror, una garganta como marfil y un pecho donde dos azoradas palomas palpitaban.

Con una seña la marcó para botín, y un pirata, comprendiendo perfectamente la intención del arráez, echó sobre el cuerpo tembloroso de la bella su manta argelina. Pálida e inmóvil ya, como cuajada por el miedo mismo, permanecía entre los que la guardaban, cuando dos piratas trajeron a empellones a un viejo semiparalítico, golpeándole para empujarle y dándole con los pies en las costillas a fin de hacerle avanzar. Entonces la muchacha, como si despertase de un sueño de letargo, saltó hacia el maltratado viejo, y asiéndose a su cuello, gritó:

—¡Pa! ¡Mi pa!

Buceya miraba la escena y sonreía burlón y desdeñoso. La mocita se arrojó a los pies del pirata, abrazando sus rodillas. Sollozaba, rogaba, sacudía las piernas del corsario, en la vehemencia de su imploración. Él acentuaba su sonrisa de felino. Alzó la mano, movió la cabeza; un pirata, rápido, hundió en el pecho del anciano su gumía. La muchacha se precipitó a recoger el cuerpo ensangrentado, a besarlo ardientemente. Cuando se convenció de que el viejo petrucio estaba muerto, se alzó sacudida por horrible temblor nervioso y se desplomó al suelo también. En estado de estupor la llevaron en brazos hasta la costa y la izaron a bordo de la galeota, depositándola en el camarote contiguo al de Buceya.

Los primeros días de navegación rehusó la comida, como si anhelase morir ella también. Una tarde, oyendo lamentos y quejidos en el puente, se asomó a ver sin saber lo que hacía. Era que estaban apaleando a un mozo de su parroquia, uno de los cautivos, que forzado a remar, había cometido no se sabe qué falta o había tratado de fugarse, y Buceya castigaba su rebeldía con el suplicio. La espalda del mozo era toda una llaga ya, y los hinchazos verdugones reventaban al caer nuevamente la vara sobre ellos. Y así como la niña aldeana, en trágica hora, había clamado por su padre, el labriego exhalaba de su garganta el llamamiento profundo, el supremo.

—¡Mi má! ¡Mi má!

El corsario, con una onda de saliva al borde de los labios negruzcos, reía, sin apartar la vista del atormentado, al cual poco después salaron las llagas y tiraron, moribundo, en un rincón del entrepuente. La cautiva se había retirado a su camarote al terminar el castigo. Desde aquella hora aceptó la comida y hasta el vino que, mahometanos y todo, consumían por pellejos los piratas. Y se adornó con las preseas que, galantemente, le enviaba Buceya. Vistió las telas listadas de oro, se colgó las sartas de perlas barrocas y de venecianos cequíes, y ante un espejo, de Venecia también, dio en atusarte, hasta que apareció en el puente bizarra sobremanera. Podrá parecer censurable al pronto; pero todos los que refirieron este caso están de acuerdo en que la mocita, Adelina la de Freseira, se condujo así, y hasta más tarde, ante el arzobispo de Compostela, que la oyó en confesión, declaró haberse adornado y perfumado con esencias de rosa y jazmín para agradar al pirata. Y el pirata, al pensar con codicia en la linda prisionera, se representaba también el gusto de someterla después a una tortura sabiamente complicada si hallaba en ella la resistencia menor.

No la halló, por cierto. Empapada de aromas, sarteada de collares, acudió solícita a la primera orden del pirata, que al cubrir de caricias despóticas el cuerpo juvenil, calculaba cómo se retorcería bajo el látigo o bajo la mordedura del hierro candente. Como prueba anticipada de la fruición cruel, clavó sus dientes duros en el hombro de la rapaza, que no exhaló ni un grito.

—Parece de corcho —murmuró para sí el arráez—. ¡Ya la despertaremos, a fe de Alí Buceya!

Alta iba la luna en el cielo cuando el pirata se quedó dormido. La cautiva parecía dormida también; pero entre las pestañas brillaron un instante sus entornados ojos. Deslizóse, sin hacer ruido, de la yacija de pieles amontonadas sobre la alfombra, y llegándose a donde refulgía un haz de armas, tomó un yatagán luciente y cortante. A la luz de la lámpara de vidrio irisado buscó en el cuello del arráez sitio para descargar el golpe. Y sin temblar, con puño firme de segadora de hierba, al sesgo, que otra cosa no consentía la postura de Buceya, descargó el tajo. Un caño de sangre tibia, saltando hasta su inclinado rostro, le probó que había acertado bien.

Entonces, como una sombra, se deslizó fuera del camarote, y desde el puente, en un salto, se precipitó al mar. Era la noche luminosa y apacible y apenas un manso vientecillo rizaba el oleaje.

Desde horas antes venía siguiendo a los piratas una galera española. Le iba ya a los alcances cuando todavía los de la galeota no señalaban su presencia. Al caer al agua el cuerpo de Adelina, al agolparse en el puente los piratas, fue cuando se vieron cazados.

La embarcación perseguidora se detuvo para recoger a la náufraga, que después de bajar al fondo acababa de salir a flote. Los de Alí Buceya corrieron a llamarle y vieron su tronco en un lago de sangre que se empezaba a cuajar, y colgando de un retal de piel, la lívida cabeza.

Así fue de fácil para los perseguidores el abordaje y la victoria. De las entenas suspendieron a muchos corsarios, y el primero, uno que señaló con la mano la náufraga salvada, y era el mismo que acuchilló a su padre en la siniestra noche. Con su presa tomó el rumbo de España la galera otra vez.

Y la muchacha sólo pidió que la llevasen al convento de las Claras de Santiago, donde quería hacer penitencia toda su vida. Las joyas con las cuales se había arrojado al mar fueron su dote, y las ostentó largos años, hasta la desamortización, la Custodia del convento.

"El Imparcial", 10 diciembre, 1917.

OFRECIDO

No sabía el señorito que lo estaba hasta que le informó la vieja carcomida aquella, según volvían de la feria del primero y subían el áspero repecho que conduce al mesón, donde es costumbre inveterada pararse a refrescar.

Detuviéronse, pues, al pie del secular castaño que sombrea las dos mesas paticojas, prevenidas de jarros colmos y rosquillas duras, y el señorito brindó a la bruja un ancho vaso del alegre vinillo de la tierra, bromeando sobre lo del ofrecimiento.

—¿Puede saberse quién te mete a ti, Natolia la Cohetera, a ofrecer lo que no es tuyo?

—¡Mi joya! —contestó la mujeruca después de trasegar lentamente el claro y agromosto, que huele como los amorotes bravos y las moras maduras.

—Mi palomo, señorito de Valdeorás...,y luego, si Natolia no le ofreciese, ¿estaría usía en este mundo?

El señorito se echó a reír de buena gana.

—Según eso, estoy en el mundo porque a ti se te antojó.

—¡Asús! No, señor, mi joya; sería porque lo dispuso Santa Comba, la del Montiño, que para eso le ofrecí yo cosa viva.

—¿Cosa viva? —repitió el señorito, echando atrás de un capirotazo su sombrero gris, flexible de anchas alas, y sacando del bolsillo su petaca de plata martillada, donde brillaba un trebolico de rubíes.

—Sí, señor querido... Cosa viva, como quien dice, un animal, una gallina o un cerdo...

—¿Y qué significan ese cerdo o esa gallina, vamos a ver?

—Significan..., ¡demasiado lo sabe! Significan el alma de usía, con perdón.

Nolasco de Valdeorás soltó la risa a borbotones. La vieja, de pie ante él, le miraba con cierta fisga maliciosa. Su cara era una rugosa nuez, avivada por los dos toques de azabache de los ojuelos; su boca, una sima; en los pómulos, la rosa del vino, recién bebido, florecía con abermellonado rancio.

—Ríase a gusto, palomiña... Ríase, que es bueno para la hiel. ¡Santa Comba le deje reír muchos años! No quita, señorito, que si yo no le ofrezco... Usía no puede acordarse, que aún no pensaba en nacer; pero aquí no se le hablaba de otro cuento, sino del disgusto que había en Valdeorás, motivado a que la señora, en gloria esté, después de ocho años de maridada, era estérea... Un día la vi yo, con estos ojos, que lloraba muy triste; ya no esperaba familia..., y cata, ¡ofrecí lo que viniese, al Montiño, llevando criatura viva, por supuesto..., y a los nueve meses, santa gloriosa!

Nolasco, deseoso de continuar su camino, pegó cariñosa palmada en el hombro de la bruja; sacó su bolsa de malla, extrajo unas monedas de plata y se las presentó:

—Ahí va, para ayuda de la "cosa viva...", y se estima el favor, Natolia, mujer, si es favor lo que me hiciste.

La mano, hecha de raíces, de Natolia, se extendió, rechazando la dádiva.

—Dios nos aparte, señorito, de andar dinero en ese caso. ¡Santa Comba nos valga! Dinero, no.

—Pero tú, Natolia habrás gastado cuartos en comprar esa gallina o ese puerco que me representaron dignamente.

—¿Yo qué tenía de gastar, señorito? —articuló ella asombrada—. ¿Yo qué tenía de gastar, si es usía en persona el que ha de ir a la Santa? Quien está ofrecido es usía, y créase de mí y vaya cuanto más antes, que han pasado muchos años y la Santa espera y la paciencia se te podrá rematar.

—¿De modo que soy yo...? —Y Nolasco volvió a reír estrepitosamente—. ¡Pues me gusta! ¿Yo qué ofrecimiento hice?

—No lo hizo, pero ofrecido está; cumpla, señorito. Ahora que lo sabe, cumpla; por el alma de su madre, que está en el cielo. Quítese el estorbo de la concencia; Santa Comba le trajo al mundo; no vaya el enemigo, ¡Asús!, a sacarle de él. Mire que he visto volar un cuervo de un pino para otro, y este no es tiempo de cuervos, que sólo se ven allá, en octubre. Mire que ahora, cuando venía andando delante de mí por la carretera, el cuerpo de usía no hacía sombra ninguna.

Nolasco, esta vez, se rió, enojándose. ¡Qué agorerías, qué supersticiones! Sólo por eso no iría a Santa Comba en su vida. Así quedaría demostrado que son ridículos cuentos de viejas semejantes historias de ofrecimientos y de peligros.

—¡No diga pecados! —suplicaba la Cohetera, afligida—. ¡No se ponga contra la Santa! ¡Cumpla, cumpla! Si no va en vida tendrá que ir después...

Ya iba lejos Nolasco, al trote de su yegua alazana, y aún se oía la voz cascada, implorante, temblorosa:

—¡Cumpla! ¡Cumpla! Mire que...

El señorito, sin que acertase a explicarse la causa, sentía una inquietud dolorosa, mezcla de enfado, terquedad y remordimiento. Avanzaba, y de vez en cuando arrojaba a la carretera una mirada oblicua, a fin de cerciorarse de que la sombra del jinete y del caballo se proyectaba sobre la blancura de la carretera. Creía escuchar la voz rota, sumida, de la vieja sin dientes, repitiendo, fatídicamente: "¡Cumpla! ¡Cumpla!..." Abajo, a sus pies, la cuenca del río extendía el verdor de los juncales y el gris plateado del agua. Y enfrente, roja como el orín de las armas antiguas, la eminencia rogosa del Montiño, donde el templo primitivo de Santa Comba se asienta, surgía recogiendo el oro de los últimos rayos de la tarde... La luna asomaba ya en el firmamento, enverdecido cual las turquesas enfermas y pálidas; el olor del samo en flor y de la boñiga fresca, dejada por tanto ganado como durante el día había cruzado el camino, flotaba en el aire.

"¡Cumpla!... ¡Cumpla!..."

El chirrido estridente, quejoso, de un carro, a lo lejos, parecía pronunciar esas dos sílabas del encargo de la carcomida e ignorante Natolia. El ofrecido se detuvo un instante. ¿Seguiría por la vuelta hasta Cornelle o atajaría para llegar a Valdeorás mucho más pronto? Malo era el atajo, entre pinares y pedregales resbaladizos; pero representaba una hora menos de aquella soledad penosa, consigo mismo, en angustioso y pueril recelo, mirando al soslayo si su sombra le acompañaba y maltratándose a sí mismo interiormente cada vez que lograba persuadirse de cómo, en efecto, la sombra trotaba en su compañía...

"¿Por qué no he de ir al santuario con mi ofrenda?", murmuró para sí. Y, como minutos después, había resuelto no ir jamás, no cumplir el rito de la superstición aldeana. ¡Eso no! Porque luego tendría que mofarse de sí mismo la vida entera...

Entró en el atajo bien decidido a no acordarse más de que su rescate, su precio, su equivalencia, eran algo viviente, llevado por él mismo al santuario. Siguió la estrecha vereda, salvó de un salto de su yegua un valladito y se internó en el pinar. Por instinto miró de lado, y se estremeció al percibir que no tenía sombra.

—¡Qué desatino! —murmuró—. ¿Cómo la he de tener si la luna se ha oscurecido y estoy en lo más espeso del pinar?... Cargue el diablo con la vieja y maldito sea el ofrecimiento...

Había que salvar otro vallado más alto. La yegua, acostumbrada a tal ejercicio, tembló, hizo un extraño e indicó defensa. Nolasco le clavó los espolines, cruzó el anca con el látigo. El animal resopló, obedeciendo de mala gana. Fue más que salto, corcoveo. Cayó mal al otro lado; rota la cincha, el jinete fue lanzado con el estrecho galápago; el tronco rudo de un roble añoso recibió la masa del cuerpo; en primer término, la cabeza, que al terrible golpe se abrió y rajó como una sandía madura. La yegua, loca de terror, salió galopando hacia Valdeorás. Nolasco yacía en la vereda, con los brazos abiertos y los ojos vidriados; tal vez su espíritu trepaba por el Montiño a cumplir el sagrado ofrecimiento.

LA SOLEDAD

Los dos estudiantes se despertaron de óptimo humor; el día estaba magnífico, caso raro en Estela, y decididos a ver mujerío en aquel Jueves Santo en que todas estaban guapísimas, con su indumento negro y sus hereditarias mantillas, se echaron a la calle.

Eran dos muchachos todavía cándidos, criados en un pueblo, en los regazos de sus madres, y que apenas empezaban a contagiarse del calaverismo infantil de los primeros años de su vida escolar. El uno, Jacinto, estudiaba, o cursaba, que más cierto será, Derecho, y el otro, Marcos, Medicina. Ambos tenían buen corazón; Marcos alardeaba de incrédulo, y Jacinto, en cambio, oía misa y al saltar de la cama farfullaba un padrenuestro. Sus familias, que residían en un poblado, les habían llenado la cabeza de prejuicios. Toda mujer que se componía y exhalaba el perfume, no muy refinado, de un jabón más o menos barato, les parecía temible, y, por lo mismo, infinitamente atractiva y deliciosa. Un cierto romanticismo, el correspondiente al retraso mismo de su educación sentimental, les hacía aspirar —a Jacinto especialmente— amores sublimes, con acompañamiento de versos y de exclamaciones enfáticas. Conviene saber todo esto, para comprender el efecto que les causó la extraña aventura.

Apenas salieron de su posada, cada paso que daban fue un encuentro, deleitoso. Figuras femeninas enmantilladas, calzadas hechiceramente, con zapatitos de raso, cuyas galgas ceñían, acariciándolo, el redondo tobillo, cruzaban por los arcaicos soportales, encaminándose a la catedral de Estela, para asistir a los divinos oficios. Pasaban raudas, entre un revuelo de blonda, coqueteando sin reír, y Marcos y Jacinto no tenían tiempo sino de deslumbrarse con el relámpago que vibraban sus ojos, bajo la sombra dulce de los encajes, que aureolaban sus caras —no siempre juveniles—. Cogidos del brazo los dos escolares, de súbito se lo apretaron recíprocamente, al ver pasar a una señora de cara oval y pálida y pupilas infinitamente tristes, llenas de expresión, que fijó un instante en el grupo. Ellos se estremecieron; y el estremecimiento parecía transmitirse de los nervios del uno a los del otro.

A un tiempo, en voz baja, se susurraron:

—Yo la he visto ya en alguna parte.

—Yo, lo mismo.

Y ninguno se atrevió a completar el pensamiento. Ninguno era capaz de decir dónde había visto a la descolorida de tan puras y perfectas facciones. Acaso no lo sabían en aquel momento. Lo cierto es que, simultáneamente, experimentaron el impulso de seguirla, equivalente, quizá, a un impulso apasionado. Un anzuelo de oro se les clavaba sin sentirlo. La señora, sin ocuparse de los estudiantes, adelantaba entre las columnas de piedra con viejos y desgastados capiteles, que tan bien encuadraban su aparición. Al salir a la plaza que precede a la escalinata, pudieron los dos mozos fijarse en su vestido negro. Era de ese rico terciopelo casi azul al sol, que se fabricaba en España antiguamente y del cual están vestidas muchas imágenes. El adorno, un azabache de brillo sombrío, mezclado con pasamanería mate, caía con regularidad a ambos lados de la falda. Y este detalle del vestido empezó a inquietar a los dos galanes improvisados. El vestido completaba la impresión de la faz.

También habían visto el vestido... De nuevo se apretaron el codo.

—Cada vez más, se me figura...

—Y a mí, chico, y a mí...

Ella ya subía, ágil y grave, los peldaños de la escalinata que gastaron tantas generaciones. Le iban los muchachos a los alcances, y en la meseta superior de la escalinata la dama de negro se volvió y los miró otra vez cara a cara, fija y enigmáticamente. Más que antes, la sensación singular se les impuso. Penosamente, con esa fatiga del esfuerzo vano de la memoria, discurrieron, ¿dónde?, ¿cómo?, y entonces se la tragó el pórtico bizantino y ellos se precipitaron a perseguirla en el templo.

Había entrado en la nave, y, haciendo signos de cruz, se encaminaba al gran altar de la Virgen. Le costaba algún trabajo acercarse, porque estaba atestado de fieles la capilla, y se oía el rumoreo de las Salves murmuradas, bisbiseadas, ante la imagen. Ésta se erguía, rígida bajo su manteo negro, con el único puñal clavado en el lugar del corazón. Al fin consiguió la dama llegar al pie del altar, y tras ella fueron deslizándose los dos muchachos, que se situaron, como automáticamente, a su izquierda y a su derecha. Y cuando ella alzó el mirar hacia la efigie, los galanes la imitaron, y un gesto mudo de asombro los inmovilizó. La revelación los paralizaba. No hubiesen sabido decir cuál era la imagen, ni si estaba en el altar, o al lado de ellos, envuelta en su mantilla. Ya comprendían el origen de su persuasión de conocer a aquella dama.

Semejanza tal, en tal grado, tenía mucho de terrible. Con una ojeada se comunicaron su miedo. Entre tanto, la mujer oraba. Sus labios se movían y sus manos, cruzadas, enclavijadas, exageraban el parecido con la Señora de la Soledad. Terminada la oración, volvía a deslizarse entre el gentío, y salió a las naves laterales, que rodean capillas, velados, en tal día y momento, sus retablos por paños de luto, y casi vacías, porque la multitud se agolpaba en torno del altar mayor, atendiendo a los divinos oficios. Jacinto y Marcos volvieron a seguir a la dama de negro traje, y la vieron, ¿o creyeron verla?, que entraba en una de las capillas, la del conde de Trava; pero pronto se cercioraron de que no se encontraba allí: en la capilla no había nadie. Ansiosos, registraron, al pronto, la compacta muchedumbre, confundiendo a la dama, de lejos, con otras que también vestían mantilla y negra ropa aterciopelada y golpeada de azabache; después, en todo el grandioso recinto, ansiosos, cambiando miradas sin cordura, escandalizando a las viejas, que les arrojaban miradas de reprobación. Al fin, desalentados, salieron de nuevo al rellano de la escalinata.

—¡La hemos perdido! —exclamó Jacinto, atónito, amarillo como un cirio del monumento.

—Acaso vale más así, ¿no te parece? —contestó Marcos, que estaba rojo de cólera—. Llévesela Pateta...

—A mí —repuso Jacinto— me está sabiendo mal este lance, y me duele la cabeza como si me la barrenasen con un clavo. No me ha pasado nunca una cosa así. ¡Es bien raro, bien raro!

—¡Igual a la Soledad! —reflexionó Marcos en voz alta—. Igual, como dos gotas. Pero ¿qué tiene de particular? La Soledad es obra de un escultor. La señora esa podrá ser el modelo...

Jacinto protestó:

—¡Qué modelo! Algo más andaba en el asunto.

—No, pues yo —insistió Marcos— no renuncio a saber... No será un fantasma, no será un duende tal mujer. Es de carne y hueso, y siguiendo la pista...

Calenturientos, empezaron sus averiguaciones, que no dieron resultado alguno. Nadie sabía dar razón de la mujer pálida, que tanto se parecía a la Virgen de la Soledad. Marcos acabaría por renunciar, si Jacinto no continuase preocupadísimo con la aventura. No dormía, apenas comía y empezaba a temerse que diese en maniático, cuando le acometió una de aquellas fiebres que en Estela ha segado tantas vidas de estudiantes, decíase que por contagio de ciertas aguas, Marcos avisó a la madre del mozo, que acudió transida. Su hijo deliraba: deliraba siempre con la mujer vestida de negro. Marcos tuvo que enterar a la madre de lo que había pasado.

—Le hizo impresión... Un parecido tan raro... Un caso tan nunca visto...

—¡Dios mío! —exclamó la madre súbitamente—. ¡Y yo, que en pocas palabras podía quitarle al pobre la aprensión! Esa señora que tanto se parece a la Soledad es hermana de un señor que vive con ella en una casa de campo, llamada de la Sabugosa. Es muy hermosa, y todos los años, en Semana Santa, viene a rezar a la Virgen. Toma la diligencia, hace sus devociones y se vuelve. La cosa más sencilla y más natural del mundo. ¡Hijo de mi alma! ¡Qué se le ha ido a figurar!

Marcos escuchaba con un sentimiento de pena y de dolor. También creía que Jacinto era víctima de una idea absurda y de una semejanza fácilmente explicable. Olvidaba que él también había estado, al principio, medio loco, y hasta pensando en cosas sobrenaturales.

Cuando Jacinto empezó a convalecer, quiso su madre afianzar la curación de su espíritu refiriéndole la historia. Pero el muchacho fue insensible a tal confortante. El sabía lo que sabía... Y apenas pudo salir

a la calle, una tarde larga y serena de fines de junio,
llamó a la puerta del convento de Franciscanos.

Eterna Ley

ay tardes, al comenzar el otoño, tan divinamente serenas y apacibles, que engendran en el ánimo algo semejante a ellas. Nuestra alma parece flotar en un ambiente de dulzura, no ajena a cierta melancolía noble, que no deprime el ánimo. La majestad con que declina el sol; la radiosa belleza del cielo, cuyo zafiro claro se rafaguea de encendidas fajas de oro rojo; la cristalina resonancia de los ruidos del campo; la tinta sombría que adquieren los árboles; el sorbo sutil que estremece las hojas de las madreselvas..., predisponen a contemplación y dictan altos pensamientos y generosas visiones del porvenir.

Así nos sucedió. Salíamos de la romería de Santa Tecla, y antes de desviarnos del monte, donde se alza el santuario, nos habíamos sentado en unas piedras, al borde del pinar, dominando la pintoresca vista del valle, ya medio velado por las sombras grises del crepúsculo, y oyendo tan solo, como se oye desde lejos el retumbo del mar, el rumoreo del gentío aldeano, que hormigueaba en torno del santuario, formando corro alrededor del mocerío que danzaba y retozaba con las rapaciñas. De vez en cuando, nos llegaban, melodiosos a causa de la distancia, repique de pandero, quejidos semialegres de gaita, algún grito estridente que interrumpía los cantares. Y la luna, esfumada como toque gracioso de acuarela, empezaba a redondearse, fina y suelta, sobre el celaje desmayado.

Platicando, fantaseábamos lo que había sido el mundo, hasta tiempos recientes, lo que debiera ser ya, lo que llegaría a ser. Todos nos sentíamos un poco humanitarios. Desde la amiga inglesa, que había venido a vernos en el curso de un viaje de turismo, hasta el joven periodista en vacaciones, que contaba con la impresión de la romería para un bonito artículo descriptivo y campestre, maldecíamos de la guerra, que se lleva a la juventud campesina a morir en abrasadas y estériles llanuras, y desarrollábamos teorías pacifistas, que nos ponían el corazón ligero y permeable como una esponja. No estábamos, no, por el derramamiento de sangre, y no dejó de escandalizarnos un poco que el cura párroco que nos acompañaba disintiese. Era el cura hombre de instrucción escasa, pero vivo y despabilado como candil de vieja, y conocía perfectamente, era su frase, a aquel ganado...

—Bueno —decía mientras arrancaba, jugando, brezos, gramíneas y manzanillas que se alzaban a sus pies—, ustedes hablan como personas de la ciudad... Yo no digo que todo eso, para hablado, no sea muy bonito. Pero cuando dos tienen intereses encontrados, ¿cómo se arreglan, a ver, en todas partes? Las cosas que han pasado desde que el mundo es mundo seguirán pasando hasta que se acabe, porque está, ¿me explico?, en su manera de ser... No se rían de este pobre clérigo... Todos, sabios o ignorantes, nos hemos hecho nuestra composición de lugar... Paz universal, la habrá tan solo al ser ángeles los hombres.

Nos parecieron en extremo vulgares y resobados los argumentos del párroco, pero estaba en nuestra cortesía no dejarlo ver y disimular nuestra superioridad de criterio, y lo hicimos, reconociendo que la experiencia también debe tenerse en cuenta para todo.

—Vean —nos dijo— si sigue habiendo guerras. Esta de los Balcanes no ha sido moco de pavo. Y colea y ha de colear hasta sabe Dios... ¡Pues si nunca hubo más armamentos, ni más cañones, hombre! Eso de la paz será excelente, pero mientras haya una nación que pida camorra, las otras estarán al quién vive. Y la guerra no la hay solo de nación a nación. Aquí la tenemos de parroquia en parroquia, y, si me apuran, de mozo a mozo...

A tiempo que esto decía, vimos surgir, ascender, del sendero en cuesta, rápida, una figura arrogante; un fornido labriego, que de veinte años no pasaría, pues era su cara lampiña y hermosa, como de mujer. Llevaba al hombro la chaqueta parda; su chaleco era rojo, sus pantalones de pana aceituna. Aunque no vestía rigurosamente el traje del país, que cada día va perdiéndose, y aunque en lugar de la montera picuda con su airón de pluma de pavo real, cubriese su cabeza la vulgar boina, era una aparición en extremo típica, y todos dijimos a la vez:

—¡Vaya un muchacho guapo!

El cura le llamó familiarmente.

—¡Hola, Juliane!... ¿Qué es eso? ¿Cómo tan tarde a la fiesta?

Descubriéndose y deteniéndose el mozo, después de indecisiones, aflojó esta respuesta ambigua:

—Ahí está... ¡Qué se yo!

Le mirábamos, admirando el ejemplar. La estatura, las formas eran atléticas; pero el semblante, apenas curtido por el sol, tenía la corrección y el modelado de una estatua antigua. Un bozo rubio empezaba a sombrear los labios de cereza, y los ojos, de oscuro y profundo azul, eran grandes y candorosos. El pelo, rizado, color de miel, que se vio al quitarse el galán su fea boina, completaba la perfilación de la testa y su carácter de modelo artístico.

—Vaya, a mí no me digas... Es que tu madre no te dejaba venir, para que no te encuentres con el Corvo, que te la tiene jurada. Y te escapaste por la ventana a lo mejor. ¡Sois el diaño los rapaces por ir trás de una rapaza...!

Movió la cabeza el muchacho, como para excusarse; bajó los ojos, alicortado, y un tono de fuego se extendió por sus mejillas, delicadas aún.

—Vay, bueno, hom, no te avergüences... Las rapazas bonitas a todos gustan, y Marica de Sanguiño es como rosa de mayo... Con todo, tú no te metas en fregados, que el Corvo es una mala alma.

Con la misma cortedad, el mozo volvió a descubrirse, a manera de despedida. Le estábamos haciendo un tercio de los diablos con darle conversación. Apretó el paso, como si huyese.

—No me chista —advirtió el párroco— esta escapatoria. La fiesta iba en paz, pero quiera Dios que no haya gresca aún esta tarde. Y si no la hubiese sería el primer año... No suele acabarse la romería de Santa Tecla sin trompadas. Tienen a gala romperse las cabezas, y como por lo regular son duras, a los tres días de abierto un cráneo van como si tal cosa a arar o a sachar. A este mozo se la tienen jurada los de

Migoeiro, porque como es tan bonito, se pierden por él las mozas. Milagro será...

Como si los temores del cura fuesen un conjuro, oímos, desgarrando la placidez de la muriente tarde, una especie de grito retador, salvaje, violento, proferido por una docena de voces.

—¡Ey! ¡Viva Migoeiro!

Y casi inmediatamente —el tiempo necesario para concertarse, que en tales casos siempre es un minuto— contestó el otro grito, de aceptación de riña:

—¡Rayo! ¡Viva Rapela!

—¡Vaya, ya se armó! —gritó el cura levantándose—. Les aconsejo que se retiren. En estas trifulcas siempre hay que temer que se pierda un estacazo y se lo encuentre quien menos debiera. Y que los muy jumentos, metidos en zambra, ya no respetan a nadie.

Bueno era el consejo, pero no lo seguimos —es la suerte que suelen correr los consejos buenos—. Nos detenía allí la curiosidad, el interés que despierta toda lucha. Y hasta hicimos lo contrario: acercarnos al lugar donde se desarrollaba el drama. El vocerío era ensordecedor: se oían chillidos de mujeres, imprecaciones de apaleados, llantos de chiquillos; el tamboril, la gaita y la flauta habían enmudecido, y allá, a lo lejos, se veía correr, afaenada, a la pareja de la Guardia Civil, que no sabía por dónde empezar a poner paces.

Nadie sabía ya contra quién llovían palos, puñadas y coces: seguramente, no existía en todo ello rencor; si acaso, la bravata de parroquia a parroquia, recuerdo quizá atávico de las viejas luchas tribales, y otra cosa: el gusto discutible, singular, todo lo que se quiera, pero innegable, de romperse la crisma.

Vimos un momento a Juliane, metido en harina, agarrado con el Corvo, hombrachón de corta estatura. Entre los dos sí que había algo: la rivalidad del gallo con el gallito nuevo y ya peleador, las coqueterías rústicas de la mozuela, que ahora, con agudos jipidos, corría a ponerse en salvo detrás de la pinarada. Un turbión de gente envolvió al grupo que forcejeaba, y oímos, entre tantos ruidos diversos, el inconfundible de una detonación.

Cuando sucede algo grave, las grescas suelen interrumpirse súbitamente. Así sucedió. Hubo ayes de verdadero horror, voces de socorro, ¡que han matado a un cristiano! Corrimos, ya sugestionados por el drama...

La Guardia Civil acababa de echar mano al homicida. El mozo estaba blanco como una azucena; la muerte debía haber sido instantánea y el tiro, al través del cráneo, casi a quema ropa. Las mujeres zollipaban. Nosotros callábamos, aterrados, mirando a aquel ser que tan temprano vería la orilla del lago de los muertos y bajaría a la Estigia llorando su juventud floreciente...

Y pensábamos en la madre, en la que no había querido dejarle salir aquella tarde, y que, al cabo, fue burlada...

Y el cura, demudado, inclinándose por si quedaba un resto de vida que permitiese auxiliar al espíritu, ya tan lejos del triste despojo, refunfuñó:

—¡A ver! ¿No valía más que fuese en la guerra?

EL ESCONDRIJO

ue en ocasión de querer reconstruir el señor de Barbosa su antigua vivienda, cuando se descubrió en la pared aquel escondrijo que tanto dio que hablar y que hacer.

La vivienda era realmente un cascajo, aunque conservaba ese aire de grandiosidad de las casas que han sido siempre de señores y cuentan de fecha cuatro siglos. Sus balcones salientes, de hierro forjado y su puerta formando arco apuntado, le prestaban dignidad y reposo. Causaba pena que cayese tan respetable edificio y le reemplazasen paredes a la malicia, con ventanas angostas y muy próximas, puertas prosaicas, estrechas también, y alguna tendezuela de aceite y vinagre o de hilos y sedas, que deshonrase los bajos con sus escaparates mezquinos. Aunque nada tengan de monumental, las casas viejas son infinitamente más nobles para la vida humana que estas construcciones actuales, tocadas de nuestra irremediable inferioridad estética.

La piqueta —sin atender a tales consideraciones— empezó a hacer su oficio. Se desmoronaban lienzos de pared, y las entrañas de la casa se descubrían patentes. Se veían, como en decoración de teatro, los pisos unos encima de otros, con restos de mobiliario; la cocina con su campana y su fogón, los destrozados jirones del empapelado, los frisos pintados, las escocias resquebrajadas; y en los muros, todavía en pie, los clavos de donde pendían cuadros y estantes, negreando sobre la albura de la cal, mientras las vigas, aún fuertes, dejaban colarse el cielo azul a través del pentagrama de sus recios troncos.

En la calle el escombro se hacinaba, y las maromas tendidas aislaban el derribo. Al pronto, los transeúntes se paran; después, según avanza la faena y el edificio pierde su forma, la curiosidad se amortigua y los obreros quedan solos, despedazando la vivienda muerta ya.

Una tarde, la pequeña brigada trabajaba en la medianería que unía la casa de los Barbosas con la contigua de los Roeles. No menos altivo en su porte y traza, e igualmente minado por los años, el caserón de los Roeles se mantenía, sin embargo, enhiesto, como el combatiente que sobrevive y se yergue al lado del compañero de armas que ha tenido que morder la tierra. Ambas residencias eran contemporáneas, mejor dicho, anteriores al célebre sitio de la ciudad por los ingleses, y acaso las balas del corsario que empezaba a fundar la fortuna marítima del reino de la Gran Bretaña rebotarían en aquellos muros sólidos, estrellándose contra el granito de sus ventanas. Y los Roeles, en pie, parecían desdeñar a los Barbosas, resistiendo a la herida de los picos con su medianería firme

En el calor del trabajo, uno de los operarios, Martín el Trenco, llamado así a causa de sus estevadas piernas, hubo de reparar en una argolla que el polvo y las telarañas cubrían casi enteramente. La argolla estaba empotrada en una losa irregular de piedra. Alrededor de la losa subsistía dura la argamasa con que había sido recebada. Los operarios se hicieron un guiño. Escondrijo podría ser aquello.

¡Tantas veces habían oído hablar de estos escondrijos misteriosos, en los cuales aparecían riquezas! Instintivamente, los obreros miraron alrededor, por si alguien los veía. El maestro de la obra no andaba por allí. El viejo señor de Barbosa era sabido que no aparecía hasta las tres de la tarde, dándose su paseíto higiénico post prandium. Y, con arranque súbito, procedieron a desencajar la piedra. Resistía el cemento secular, y la piqueta caía fatigada; pero, por fin, insistente, vencía.

Los operarios temblaban de emoción. Allí estaba el escondrijo —un hueco no muy grande, húmedo, de donde se exhalaba vaho de sepultura, el olor mohoso de los siglos—. Y dentro, una olla de barro. De la olla rebasaba el puño de un arma desconocida. Los operarios la miraron con asombro, porque en nada se parecía a la que ellos habían dado recientemente en usar, ni más ni menos que si en vez de ser pacíficos hijos del Noroeste, fuesen majos de Cádiz o de Jerez. Aquello no se asemejaba ni a la navaja, ni al puñal del puñalero Albacete. ¿Cómo habían de reconocer los obreros la daga? La hoja de la noble arma caballeresca se hundía en el vientre oscuro de la olla. Martín el Trenco, decidido, la arrancó y la tiró despreciativamente, no sin algo de aprensión respetuosa, al suelo. Después cogió el puchero. Soltó un taco. Estaba medio repleto de monedas de oro.

Otros ternos y exclamaciones corearon el de Martín. "¡Rayo, cacho, mal toño, mi madre la Virgue, lo que había allí de cuartos!" Volcando el contenido del ollón sobre el fondo del escondrijo, la amarilla cascada parecía deslumbrarlos más. Eran doblas pedreñas, monedas de los Reyes Católicos, con las flechas y el yugo; doblones de a dos, que habían logrado escapar de que topase con ellos el señor de Xebres; un pedazo de arte y de historia, que refulgía saliendo de entre el polvo y humedades de tumba, como de una larva oscura una mariposa áurea. Ninguna moneda era posterior a la fecha del famoso sitio...; sin duda, el dueño del tesoro, un anciano achacoso, lo escondió cuando llegaban a la vista del puerto las naos enemigas y el saqueo amagaba. En una hora de angustia, allí depositó su caudal y ocultó el arma inútil, con la cual no podía defender a su patria. Y después, ¿quién sabe?, salió con los demás convecinos, ya que no a pelear, a empuñar el arcabuz, o la espada, o la lanza fuerte, como corresponde a quien lleva el nombre de Barbosa; al menos a ver, a alentar con sus voces; y no volvió nunca, y sus descendientes no conocieron el secreto del escondrijo...

Nada de esto sospechaban los albañiles. Para ellos, era la olla una cosa del tiempo de los moros; pero encerraba oro, y el oro, creían ellos, no tiene fecha, pertenece a todas las épocas, a todos los tiempos, al nuestro, especialmente... El concierto fue rápido, casi silencioso. Nada se le diría al maestro; ninguna necesidad había tampoco de que lo supiese el dueño de la casa. ¡No faltaba otro cuento! Reclamarían, exigirían su parte... ¡Cacho! Todo distribuido entre los compañeros, los presentes nada más, ¿eh? Porque tampoco venía al caso repartir con los demás que acudiesen al otro día, porque le diese la gana al maestro de reforzar la brigada, un suponer. Eran cuatro: pues a contar las monedas, y tantas corresponden a cada uno, y a echarlas al bolsillo, y acabóse. Después demolerían todo alrededor del escondrijo, para que nadie adivinase el secreto. Aquel ferrancho —la daga— la arrojarían a la bahía. Como lo pensaron lo hicieron. El reparto, sin embargo, no fue tan fácil,

porque el Trenco, atribuyéndose la prioridad del hallazgo, exigía mayor cupo. Hubo zainas miradas de soslayo, y gruñidos que descubrían dientes loberos, y palabras sordas que mascullaban maldiciones. El Trenco amenazaba con hablar, con delatar y dejar a todos iguales; nombraba a la justicia, ejercía coacción. Hubo que darle dos partes a aquel demonio, pero el Caldelo, un valentón de marca, murmuró, refunfuñando:

—Que aspere, que aspere... Ya verá si le quedan ganas de robar, porque robo es...

A la tarde —al salir del trabajo—, el jaque aguardó al Trenco, y jugando puños y navaja, le quitó su presa. Al otro día, el Trenco hablaba con el señor de Barbosa y denunciaba el hecho. Y al siguiente estaban en la cárcel todos, y el juez citaba al platero a quien habían vendido a cualquier precio las monedas. El hallazgo, o mejor dicho, su ocultación, costó un año de cárcel y arruinó a las familias de aquellos menguados, que se habían atrevido a tocar con sus manos el cuerpo muerto y siempre formidable del pasado y a repartirse sus reliquias. Y fue justo castigo que merecen cuantos a tal se arrojen. El ánima en pena que guardaba el escondrijo hizo bien en sentarles la mano.

"La Ilustración Española y Americana", núm. 30, 1910.

LOS ADORANTES

Siempre, desde que nací, he visto adosados a las jambas de la portada principal de la vieja iglesia a los dos adorantes: ella, la santa, envuelta en la plegadura rítmica de su faldamenta de ricahembra; él, el santo, sencillamente extendidas las manos largas y puras, que salen de las mangas de una tunicela, bajo amplio manto multíplice.

La sonrisa, misteriosamente expresiva, no se borra de sus labios de piedra; sus ojos sin pupila no pestañean ni experimentan necesidad de cerrarse para el reposo del sueño en transitoria ceguera, en muerte transitoria.

Los adorantes viven sin interrupción su extraña vida; de día se recogen en majestuosa tranquilidad; de noche, cuando la oscuridad protege su idilio o la luna convierte el pórtico en labor de plata recién fundida, actívase el vivir irreal de las estatuas.

A la primera ligera, fluida caricia de la luna, los adorantes parece que continúan serenos en contemplación; pero observadlos bien: algo estremece los paños de su ropaje; algo vibra en sus manos extendidas para la plegaria; algo muy sutil intenta despegar y agitar sus bucles de granito para que se electricen como las cabelleras vivientes.

Observadles despacio, sí; derramad en vuestra alma oprimida por la carne la esencia del alma de esas místicas figuras, y notaréis que un gran halo sentimental irradia de ellas, de su forma, de sus cabezas sin aureola.

Salid de casa a las horas de soledad, a las horas de silencio y de helada nocturna, o cuando el verano hace azul y tibia la sombra, y considerad fijamente, sentados en el pretil del atrio, a los adorantes, que se miran, que no cesan de mirarse, que se mirarán mientras no sean arrancados de su lugar por los profanadores.

Detrás de la mística pareja, la puerta sombría, cerrada, atrancada, con ese aspecto severo y ceñudo de las puertas enormes, que evocan la inflexibilidad del destino, lo hermético del porvenir, parece una amenaza.

Y los adorantes, que jamás entrarán en la iglesia, aunque su ingreso se abre ante ellos todas las mañanas de par en par: los adorantes, a quienes retiene suspensos en el aire misterioso entredicho, se transmiten sin palabras secretos de mundos que no se asemejan al nuestro.

En la invisible difusión de las ondas del aire se envían confidencias. Y lo inefable de lo que se dicen los transporta; es un éxtasis de azucena desmayada y en deliquio dulce bajo el rocío.

Late en los adorantes, palpitando como las palomas cuando las tenemos agarradas, la idea de una existencia ultraterrestre, exaltada con divina exaltación.

Bajo sus pies, juntos y largos, de calzado puntiagudo, corre la otra vida, la vida de barro, la ruidosa, la turbia, la mezquina, la corruptible. Esta vida rueda sus ondas por la calle, bulle en el atrio, trepa por las escaleras, entra en el templo, marmonea rezos sin efusión, se expansiona al volver afuera con estrépitos vanos y conversaciones desabridas sin objeto.

Y los adorantes, sordos a la chusma, ignorantes de sus vociferaciones, insensibles cuando los chicos, precoces pelotaris, les envían las balas rechazadas por la rigidez de la piedra, siguen mirándose, bebiéndose, absorbiéndose.

Sus manos hieráticas, bellas, suplicantes, no se desunen; sus cuerpos no se aproximan.

Nada temen los adorantes, como no sea algún cataclismo de la tierra, alguna violencia de los hombres, que impulsando sus masas, los precipite al uno contra el otro.

Saben o adivinan la mentira de las uniones, la decepción de los intentos de identificarse acercándose.

Quieren evitar lo que les haría pedazos, conservar su figura delicada, su gracia mística, su calma engañosa, interiormente trepidante de ilusión y de afán.

La ciudad duerme; los propios angelotes del retablo de la iglesia han cerrado sus párpados, fatigados del luminar de los cirios y del apremio de las oraciones. La luna, rompiendo un velo de nubes, asoma como una gota de llanto cuajada y fría. Las duras ventanas, cerradas; el paso tardo del sereno; las campanadas graves del reloj de Palacio, son cosas solemnes, en que hay lo hermoso de lo triste sin causa.

Y los adorantes, solos, quisieran, sin unirse, acercarse un poco más, sólo un poco, no mucho.

A la distancia en que un perfume de flor es suave todavía y no embriaga aún.

A la distancia en que las líneas del rostro que se lleva dibujado en las entrañas no se ven borrosas, pero tampoco se marcan como relieve excesivo, sino que las idealiza una delicada bruma.

Quieren balbucirse cláusulas que el viento de la noche conduce de espíritu a espíritu, sin que las sorprendan los curiosos apóstoles de la archivolta, perpetuamente inclinados en actitud de no perder de vista a los adorantes.

Y él le dice a ella:

—¿No recuerdas que hace seiscientos años, la noche de nuestras bodas, cuando por primera vez, lisas de juventud nuestras mejillas, inmaculadas nuestras vestes, nos dejaron solos aquí, mirándonos, la luna semejaba, como hoy, una perla gris muy melancólica, y los luceros asomaban cansados, sin brillo? El mundo era viejo ya cuando principió nuestra juventud infinita.

Y ella a él:

—Me acuerdo que desde entonces todas las noches me hablas, y el silencio es un cántico.

Y él a ella:

—Los niños jugaron en el atrio esta tarde. Sus voces sonaban alegres. Puede que ellos no comprendan lo enfermo que está el mundo, lo caduco de todo.

Y ella a él:

—¿No notas cómo todavía andan flotando vahos del incienso de la última procesión? La cera huele a muerte; el incienso, a paraíso. Pero, estando ahí tú, frente a mí, ni deseo la libertad ni la bienaventuranza.

Y él a ella:

—No hace mucho cruzaron entre tú y yo dos que venían a unirse delante del altar. Él vestía de negro y estaba descolorido. Ella se cubría el albo traje con velo de albo tul, y se coronaba con flores de naranjo. Debajo del velo resplandecían las joyas. Temblaba, y el color de su cara ruborizada se transparecía. Su ropaje caudaloso la seguía por los peldaños como una catarata espumante. Al salir, oí que él pronunció: "¡Para siempre!" Iban ya del brazo... Y después he vuelto a verlos, pero nunca juntos.

—Extraño —opinó ella.

Insistió él:

—Y no habrás olvidado aquella otra pareja que, a la medianoche, al descender la última campana, buscó asilo en este pórtico, entre nosotros. No querían que los viesen. El calor de sus cuerpos traspasaba la piedra de mis pies. Sus promesas precipitadas, repetidas, suspiradas, eran fuego; yo creí que un incendio nos envolvía, poniendo término a nuestra dulce contemplación. No dialogamos aquella noche: los dos refugiados la encontraron corta y no se apartaron hasta que el amanecer horripiló de frío sus calcinados huesos. ¡Cómo te alarmaste, cómo tendiste tus manos imploradoras! Y la noche siguiente volvieron y nos hicieron sentir algo no sentido, envidia miserable de la vida terrestre... Pero ya nunca más les vimos, y estoy seguro de que no se ven tampoco ellos, separados por ríos, montañas y mares, por océanos de distancia, de dolor, de desengaño. ¿Verdad que es incomprensible?

—Incomprensible —declara ella, pensativa.

—Extraordinaria esta casta de los hombres —reprueba él.

—¡Ten piedad! —sugiere ella—. ¡A mí me contristan cuando los traen ahí, a la nave, a depositarlos sobre un túmulo, y huele tanto a cera consumida, y el rezo es hondo y anuncia terrores sin fin. ¡Son mortales! Su corazón es mortal...

Y él repite, bajo:

—Morir...

Y ella susurra:

—Morir...

***

Cuando le enseñé a un arquitecto famoso los adorantes, un día en que los alhelíes de las grietas florecían y las golondrinas se posaban sobre los curiosos apóstoles de la archivolta, el sabio objetó:

—Esas figuras no tienen razón de ser. Ni dan solidez al edificio, ni se explican ahí colgadas. ¿Qué hacen, me quiere usted decir?

Creo que respondí:

—Adorar...

"Blanco y Negro", núm. 703, 1904,

CONTRA TRETA...

Fue al cruzar el muelle de Marineda, donde acababa de dejar su cosecha de cebollas embanastadas para que el tratante en grande la despachase a Cuba, cuando Martiño, el Codelo, que se disponía a emprender el regreso hacia su aldea, tropezó con un señor bien trajeado, que se dirigió a él con los brazos abiertos.

—¡Martiño! ¿Ya no me conoces? Soy Camilo de Berte...

—¡Alabado! ¿Quién te ha de conocer, hom? Vinte años que faltas de Seigonde...

El reconocimiento, sin embargo, se completó pronto en el café de la Marina, ante un plato de guisote de carne con grasa y pimentón y una botella de vino del Borde, del añejo. Y brotaron las confidencias. Camilo de Berte volvía de Montevideo, con plata, ganada en un comercio de barricas, envases y saquerío; pero, compañero, traía estropeado el hígado, o el estómago, o no se sabe qué, allá dentro, y le mandaban una temporada de aires de campo, mejor en su aldea, porque acaso allí, con las reminiscencias juveniles, se le quitase aquella tristeza, que le ponía amarillo hasta lo blanco de los ojos. En cambio, Martín de Lousá, alias Codelo, andaba de salud muy rebién, ¡pero rematadamente mal de cuartos! Trabucos, repartos de consumos, los bueyes, que enfermaron del mal novo, científicamente llamado glosopeda, y el negociejo, una taberna pobre, sin producir ni lo indispensable para arrimar el pote a la lumbre... Estaba casado; se le habían muerto dos hijos, dos rapaces, que ya uno

de ellos, hom, servía para trabajar y ayudar; ¡y se encontraba comido por un préstamo de cien pesos para montar la taberna, y que nunca más pagaría! ¡Valía más morire, o pedir por las puertas, o se largare también para las Américas, aunque allá les diesen de palos!

Callaba el indiano y apenas comía, torturado por las punzadas de su hígado, o lo que fuese, mientras Martiño devoraba, saciando su estómago, condenado a caldo de berzas perpetuo; y cuando el anfitrión hubo pedido queso de Flandes y dulces, ¡que fuesen corriendo a la confitería a buscarlos!, creyó el Codelo ver el cielo que se abría, porque Camilo, lentamente, pronunció:

—Esa deuda, compañerito, hemos de ver como te la quitamos de encima... ¿Sabes? Y si puedes prestarme un cuarto en tu casa, ¿eh?, será conveniente, porque en Seigonde no tengo nadie ya. Mi padre murió, mi hermana se fue a servir en Buenos Aires y no sé de ella...

En un segundo, con la malicia cautelosa del aldeano, comprendió Martiño las ventajas de la combinación. El indiano chorrearía para todo...

—¡Asús! Aquella probeza para ti es, Camiliño... Cunchiña y yo dormimos en el fallado, y tú, en el cuarto de abajo.

—¡Por mí no incomodarse! Bien estará. Se han pasado muchas penalidades, compañero, que la plata no se gana sin sudores...

Aquella misma tarde, el tosco indiano, con sus dos baúles, su maletín, sus mantas, se instaló en la taberna de Martiño.

En la aldea se armó un escándalo de envidias y chismorreos. ¡El indiano había traído a Martiño en coche! ¡En uno de los coches de alquiler que en Marineda están de punto cerca del monumento erigido a un jefe superior de Administración! ¡Y para más, Martiño traía una cesta repleta de gallinas, pollos, carne, pan, café, azúcar en paquetes! La esposa de Martín, Cunchiña, sorprendida por el acontecimiento, lejos de mostrar ese descontento involuntario de las mujeres cuando sus maridos se vienen con algo que no se esperaba, dio señales de alegría, se deshizo en atenciones y se sonrió con su sonrisa más meiga para acoger al huésped, confundiéndose en excusas, ¡porque todo estaría tan mal! ¡Eran tan pobriños! Pero la voluntá allí la tenía el señor dispuesta...

—¡No diga señor! —protestó Camilo—. Soy de la parroquia, ¿sabe?

Cunchiña no sabía. Cuando el indiano salió de Saigonde era Cunchiña rapacita, hija de una costurera de Areal, y costurerita fue hasta casarse. ¡Ahora se veía tan esclava, teniendo que trabajar la tierra! Mientras trajinaba para arreglar lo mejor posible el cuarto del huésped contaba sus disgustos. El negocio de la taberna no les valía. Si al menos la taberna estuviese al borde de la carretera... Pero así, retirada, que no pasaba nadie..., una desdicha, señor... ¡Asús! ¡No tenían ni sábanas para la cama! ¡Cómo iban a hacer, Madre mía de la Angustia!

—No apurarse; una noche, de cualquier modo; mañana, todo se compra en Marineda, comadrita... Ahí va un billete de cien...

Al dar unas gracias que parecían un acto de adoración, Cunchiña fijó de soslayo la mirada de sus ojos verdes, limpios, sesgos, de pestañas rubias, en el forastero. Mirábala éste también un poco zaino, pero engolosinado, con la ojeada segura del hombre que ha luchado sin escrúpulos y ha ganado para darse ratos buenos. Abatido y enfermo, con todo eso Cunchiña le gustaba, y sentía el encanto de su habla mimosa y de su humildad de esclava que se ofrece. Se le haría llevadera la temporada de Seigonde con aquella comadrita, aunque no pensase en nada malo; era que siempre agrada más, ¿eh?, una cara agraciada y un habla mansita, zalamera, que un gesto de furia y una voz ronca...

Pocos días después teníanlo todo hablado los esposos entre sí, muy confidencialmente; se les había entrado su suerte por las puertas, y tontos serían si no la aprovechasen. Al indiano darle cuerda, darle cuerda..., y que fuese largando billetes de cien, de cincuenta, de veinticinco... Que tuviese a su gusto la cama, la comida; que no le faltase nada; su boca medida en el servicio... Pero tocante a otras cosiñas... ¡ay!, en eso, engañarle, entretenerle...

—¡No tengas miedo! ¡Está muy malo el pobriño! —contestaba la esposa—. Paréceme que cada día le va peor. Ayer echó cuanto había comido.

—No te fíes —contestaba Martín—. Hácense muy pillos por allá. Y lo otro, corriente; pero eso no, a fe de Martiño ¡porque te parto el espinazo de un palo, y a él le meto un cuchillo por las tripas!

—¡Bueno, hom, bueno, no te enfades! Si no fuera lo que nos lleva dado, que ya pasa de trescient...

La mano callosa del labriego tapó la boca de la mujer antes que puntualizase la suma.

—Tú no hagas sino lo que yo ordene, ¡y andarme derecha! —refunfuñó, con involuntaria explosión de celos brutales.

Cunchiña, sin embargo, no mentía; el indiano no insinuaba nada que fuese en mengua de la fe conyugal. Mostraba, sin embargo, cada día mayor deseo de tenerla cerca, de ser servido por ella, de no tomar nada sino de su mano; capricho de enfermo, de hombre, probablemente, sentenciado a morir pronto, minado por el sordo trabajo de un padecimiento que los médicos desesperaban de vencer, y para el cual sólo recetaban paliativos. El alma embotada de aquel hombre se despertaba al cariño, en la forma que podía, sin darse cuenta él mismo de la pureza y la profundidad del sentimiento. Un día, al fin, aquella alma sórdida, comprimida, tomó vuelo en el cuerpo, afinado por la enfermedad, y el indiano hizo a Cunchiña, cogiéndole una mano, proposiciones extrañas.

A la noche, el marido saltó colérico:

—¿Quiérese ir contigo ese peine? ¡Ya lo sabía yo, muller! Le voy a esganar hoy mismo.

—Pero si no es lo que te figuras, hombre... Si es otra cosa. Si es que le doy gusto para el cuidado de su mal. Dice que tengo mucha gracia en le presentar la comida. Y que me lleva para eso solamente, para no se quedar sin mí. Que mismo me ha cogido la afición, y que no se haría con otra persona para lo cuidar.

Con un solo vocablo regional, enérgicamente recargado, como una interjeción, expresó el marido su incurable desconfianza:

—¡Leria, leria!

Y, al mismo tiempo, bajo, cautelosamente, ordenó a la mujer:

—¡Tú contéstale que corriente, que sí; que tome el pasaje; que se entere de cuándo hay barco! Dile amén a todo. Y ende estando yo informado...

Se hizo como lo ordenaba el legítimo dueño de Cunchiña. Derrochó disimulo el aldeano, cazurro y precavido por costumbre. El indiano, al anunciarle que se volvía allá, llamado por los inflexibles negocios, entregó a Martiño los doscientos pesos que habían de cancelar su deuda. Cuando tuvo este rasgo de generosidad, en los bolsillos de la americana guardaba los dos pasajes, y el corazón le latía de gozo: ¡iba a viajar cuidado por Cunchiña, y la tendría a su lado, atendiéndole sólo a él, limpiándole el sudor de la angustia gástrica con su pañuelo de lienzo, que olía a manzanas camuesas!

Estaba acordada la marcha para el día siguiente, de madrugada. En secreto, el indiano había advertido a Cunchiña de lo que debía hacer: a pretexto de despedirle, se quedaría escondida dentro del barco; Martiño no subiría a bordo. Al complot ilegal siguió el legal. Marido y mujer se concertaron. Pasaron en vela la noche. Antes del amanecer estuvieron dispuestos. En breve escena violenta, ayudando Cunchiña, con vigor no suponible en sus brazos mórbidos, el indiano quedó amarrado a la cama por fuertes sogas, amordazado, tapado con sus ropas, asfixiándose. Martiño se apoderó de los billetes del barco, de la cartera, del reloj, de las mantas, de cuanto valía. Un coche encargado de víspera aguardaba en la carretera. Los esposos subieron a él, y salieron arreando hacia el puerto. Cuando fue auxiliado el indiano, que estaba en las últimas y deliraba con la calentura, llevaban marido y mujer cinco horas de navegación.

"La Ilustración Española y Americana", núm. 22, 1912.

"Santi Boniti"

omicia Corvalán, invariablemente, hacía lo mismo todas las mañanas, todas las tardes, todas las noches. Se levantaba a igual hora, con iguales movimientos y ademanes, automáticos ya, a fuerza de repetidos, al calzarse las babuchas, atarse el cíngulo de la bata, alisarse el pelo con el cepillo y pasarse la toalla húmeda por el rostro. No se daba cuenta de esos actos, porque el hábito embotaba sus impresiones. La envolvía una modorra moral invencible.

En el propio estado de indiferencia sopeteaba su chocolate sin encontrarle sabor; despachaba su yantar atenuada la sensación de apetito por la monotonía de los manjares y, alzados los manteles, con paso lánguido, se acercaba Domicia a la ventana, desviaba un poco el abarquillado visillo con lacios y flojos dedos, y sin pensar en abrir las vidrieras miraba lo que sucedía en la plazuela y en el atrio de la iglesia de Santiago, cuyo frontispicio tenía enfrente.

Llevaba quince años de viudez y se había casado muy joven. Contaba ya treinta y seis. No tenía ni padres ni otra familia; habitaba sola la casa que fue de su marido, y en la ciudad, sordamente, pasaba por rica; en realidad, poseía lo suficiente, una holgura modesta, y no necesitaba dedicarse a ningún trabajo. Retraída, tímida de carácter, no conocía amigos, ni pretendientes, ni menos enemigos. La olvidaban como se olvida a la parietaria que vegeta en el muro. Su fortunita, en fondos del Estado, era fácil de cobrar. Ningún cuidado, ninguna lucha agitaba su límbica existencia.

Por los vidrios de la ventana se veían siempre iguales escenas. Con andar sesgo iban las devotas, arrebujadas en sus mantos color de ala de mosca, asegurado en las manos, que cubrían viejos mitones, el sobado libro de rezo. Un cura subía las escaleras a paso rápido, recogido el manteo, echada atrás la teja. Los chiquillos jugaban a la pelota contra la pared. Un caballejo, montado por un labriego que llevaba en las alforjas carga de hortaliza, vencía despacio la cuesta. Cruzaba una mozallona, con una cesta plana, pregonando sardinas: "Vivitas, como el agua." Algún escribiente de la notaría apretaba entre codo y costado un fajo de papeles. Se oía llorar desesperadamente a un niño de pecho. Una doméstica de la casa fronteriza se asomaba y sacudía un tapete. Un ciego entonaba, plañendo, canciones verdes y jocosas...

Domicia se aburría del desfile, de la familiaridad de la calle; no gozaba otra distracción, y, sin embargo, ésta le producía la cansera de lo muy conocido. Sus ojos, de mirada atónita, se sentían atraídos únicamente por la portada de la iglesia, cuyas elegantes archivoltas apuntadas, ya de transición al ojival, parecían coronar en triunfo a los dos bellos adorantes que, en actitud mística, alzaban sus testas rizosas, de piedra patinada por los años. Domicia recordaba, como un sueño lejano, las figuras de barro y yeso con que jugaba de niña en el taller de su padre, escultor de oficio. Sus muñecas fueron angelillos de sepulcro, amorcillos de fuente, ninfas envueltas en amplios paños, ánforas y vasos ornamentales para jardines, alguna mano primorosa apretando una tela, algún pie suelto, de bien formados dedos, entre los cuales pasan las cintas de la sandalia. Todo ello no lo entendía Domicia; pero le había quedado de los primeros años en aquel ambiente no sé qué misteriosa religión estética en el fondo del alma.

En su casa, sin embargo, no existía un solo objeto de arte. Ocurrió la muerte de su padre siendo ella de edad muy corta, y su marido, oscuro negociante, ni nombraba tales cosas. Aquellas figuras, con las cuales se solazó en la infancia, vendidas quizá en almoneda, se le aparecían entre la vaga esfumadura del tiempo, sin que tuviese de ellas conciencia alguna. Sólo al contemplar la portada, donde el imaginero había labrado cabezas de ángeles y bultos de santos, creía recordar un país desconocido, visitado antaño, en el cual la vida tenía interés. ¿Por qué? No hubiese podido decirlo. Por algo extraño, distinto de lo que vino después, de la gris sucesión de los años, sin sentido ni fisonomía. A su ventana estaba Domicia, siguiendo con mirar distraído el giro de una rueda de pequeñuelas del barrio que cantaban a coro "la viudita, la viudita...", cuando oyó un pregón nuevo y vio a un mercader ambulante que llevaba una banasta llena de figuras de yeso. El hombre se había parado en

la plazuela y clavaba la vista en balcones y ventanas con aire suplicante e interrogador. En voz atenorada, vibrante, simpática, volvía a gritar:

—¡Santos, santos baratos, bonitos!

Domicia abría los ojos, y en su corazón aletargado algo rebullía, una palpitación se iniciaba. ¡Muñecos, como los de la casa paterna, como los que modelaba su padre! Y sin transición, como en sueños, abrió la ventana de golpe, hizo apresurada seña al mercader. Él contestó con una sonrisa, golosa y dulce, humilde y prometedora. Minutos después entraba Márgara, la criada de Domicia.

—Ahí está uno... Dice que le ha llamao usté... Usté sabrá...

—Sí, sí; que pase...

El italiano entró y, ante todo, fatigado, descansó su banasta. Domicia estaba más encarnada que una amapola. ¿Desde cuándo no se había ruborizado Domicia? El vendedor iba presentando el género. Hablaba un español bastante corriente, entreverado con vocablos italianos.

—Veda, signorina, es la Santa Vergine de Lourdes... Aquí tengo el San Giuseppe..., el Angelo de la Guarda... Un Cristo, modelo de Benvenuto el grande Benvenuto...

Suponía en Domicia, por la traza sencilla de su vestir, por la lisura de su peinado, a una beatita de pueblo pequeño, y escondía con disimulo, en el hondón de su banasta, un busto de la República Francesa y un grupo de Psiquis y el Amor, el eterno grupo, reservado para los clientes solteros y pillines, que no apreciaban la espiritualidad de la obra maestra, sino lo sugestivo del asunto. Pero Domicia escrutó también el rincón donde se cobijaban los santos sospechosos, y una luz de interés y de emoción se encendió en el líquido remanso de sus pupilas, habitualmente dormilonas. Miraba tan pronto a los santos bonitos como al vendedor, encontrando un encanto especial en su figura ágil, en su traje descuidado, de obrero casi mendicante: blusa de dril manchada de yeso, zapatos de lona, que señalaban la forma del pie y marcaban los dedos como en relieve; corbata roja, de seda deslucida, mal anudada, con flotantes cabos. Así estaría en su taller el padre de Domicia; así o cosa muy análoga. La infancia renacía, el arte reaparecía con sus sorpresas inspiradoras de un vivir diferente de aquella existencia de rana en el charco, o de insecto en la grieta de la madera. La impresión abría un abismo entre la vida pasada de Domicia y la que le quedaba por consumir. No era la misma mujer que media hora antes hacía, desde la ventana, señal para que subiese un mercader ambulante que pregonaba monigotes de escayola...

Miraba al hombre que tenía delante y le parecía distinto de los demás de la pacata ciudad, burgueses consagrados a prosaicas tareas. Éste llevaba una luz especial en los ojos meridionales, una expresión vehemente en las morenas facciones, un sonreír de sol en la boca roja, orlada por negro bigotillo. Domicia sentía la atracción profunda, el abandono del ser, como un vértigo, que caracteriza estos casos fulminantes...

Entre tanto, él ensalzaba su mercancía. En el entusiasmo de la propaganda se dejaba ir hacia su natal idioma, prodigando los vedete, vedete, che bellezza! Domicia, en voz trémula, le preguntó:

—¿Es usted mismo quien hace estos santos?

—Io stesso, sí, signorina... Yo mesmo, yo; y si pudiese hacía el natural... Ma... bisogna vivere, si ha da vivere...

"¡Si yo le pusiese un taller! —pensaba ella—. ¡Un taller como el de mi padre! ¡Entonces sería un artista verdadero! ¡Haría cosas hermosísimas, bustos, estatuas! ¡El pobre tiene que llevar esta vida errante, miserable, ganar al día tal vez un par de pesetas!" Mientras Domicia erigía su castillo interior, el errante comenzaba a encontrar que se retardaba el negocio. Si la signorina le compraba algo, que se decidiese de una vez.

—¿Qué prendeva? ¿La Vergine, el San Giuseppe?

—¡Todo! —exclamó Domicia, violentamente—. Desocupe usted la banasta y vaya colocando por ahí las figuras.

Aturdido y encantado, el italiano fue sacando sus títeres. No se atrevía, no obstante, a alinear el grupo ni ciertos desnudos y picarescos Cupidillos; pero Domicia los señaló, imperiosa:

—¡Todo he dicho!

Llegado el momento del pago, el italiano, receloso, pronunció una cifra loca: ciento veintisiete pesetas... Corrió Domicia a la gaveta de su dormitorio y trajo ciento cincuenta justas. Dos billetes... El mercader, atónito, se confundía en expresiones de agradecimiento. Casi andando hacia atrás, de puro respeto a la cliente generosa, fue acercándose a la puerta. Quería escapar, no se arrepintiese la signorina. Domicia sentía una pena honda, como la que causa la desaparición de un ser muy querido; imaginaba que todo quedaba a su alrededor oscuro, frío, desierto —a pesar de la formación de santi boniti que se extendía no sólo por las consolas y veladores, sino por el piso, con blancura de yeso, rojeces de terracota y verdor oscuro de falso bronce... Aquel hombre, que había evocado su pasado infantil, que infundía en sus venas mágico temblor, se iba, se iba para siempre sin remedio. Y Domicia no lo podía evitar; no sabía cómo evitarlo. Ya el mercader transponía la plazuela, y aún ella quería intentar cualquier cosa para detenerle, para volver a verle, aunque sólo fuese un instante. Le pesaba haberle comprado los santos todos. Si quedase alguno, era abonado pretexto para volver a llamarle...

La esperanza la fijó en la ventana; no se movía de ella. Sin duda, el mercader pasaría de nuevo con más santos ¡Nadie! Desierta la plazuela y muda, excepto

cuando las niñas salmodiaban la "viudita" o las mo-
cetonas ofrecían la sardina "viva", o de la iglesia salía
un apagado cántico, grave y triste.

"El Imparcial", 24 de junio 1918.

Responsable

—Mira por todo, tú me entiendes —repitió la madre, antes de equilibrarse sobre la molida o retorcido circular de paja, el cestón del cual salían apagados cacareos y rebasaban, alzando la cubierta de estopa, cabezas cómicamente asustadas de gallos y gallinas—, no sea que, mientras vendo en la feria esta pobreza, ande el demonio suelto. Cuidado me puso el cura por nombre... Atiende a tus hermanos... ¡Quedas responsable, Cerilo...!

El niño agachó la testa en que se envedijaban rizos color de mora madura, mates por el polvo que los velaba, y su gesto, ya semiviril, aceptó la responsabilidad completamente. Aquella misma mañana, Cirilo había cumplido once años, y la Vieja Sabidora, repertorio de historias, cuentos y patrañas de la aldea, le había bisbiseado la víspera al oído:

—¡Quién como tú, que eres hijo de un señor!

¡De un señor! No era la primera vez que lo escuchaba, y siempre la noticia alzaba ecos profundos en su alma precozmente despierta, superior a la condición humilde en que vivía... Cirilo no conocía en nada absolutamente que fuese hijo de un señor, ni se diferenciaba de sus hermanitos, retoños del difunto marido de su madre, el zuequero de Solgas... Descalzo, vestido de remiendos pingajosos, uncido ya al trabajo de la casa y de la tierra, como manso novillo destetado antes de sazón, Cirilo se parecía bien poco a los hijos de los señores, limpios y hartos, según él los había visto en la villita de Castro Real. Y con todo eso creía firmemente en lo del señorío. Dentro de su espíritu algo se elevaba; era un sentimiento, o, mejor dicho, un puro instinto de estimación hacia su propia persona, lo que, si Cirilo tuviese otra edad, se llamaría altivez.

Los demás chiquillos de la aldea le hacían burla, porque ni quería salir al camino real a mendigar la perriña, ni a los huertos a robar manzanas, ni al viñedo a hurtar racimos, ni a los corrales ajenos a cazar huevos, echándole la culpa al zorro... ¡Hijo de un señor! Sin duda, un señor muy majo, de tropa, como el que estaba retratado en el Ayuntamiento de Castro Real, con patillas y cruces... Fantaseaba que su padre habría vivido largo tiempo con su madre; que le habría tenido en brazos a él, Cirilo, muchas veces... Después, ¡sabe Dios!, se habría ido a América, o a servir al rey, de general... Desvanecerían sus ilusiones si le contasen la verdad, aquella casual distracción de un señorito a la vuelta de la caza, distracción de la cual ya no hacían memoria ni el seductor ni la víctima. Como que Cirilo daba por seguro que su padre, allá por donde anduviese, se añoraba de él con frecuencia, y se prometía venir el día menos pensado a recogerle, a llevarle consigo y a vestirle un uniforme militar, con muchos galones... ¡Así tenía que ser! Y el mirar de los grandes ojos negros del adolescente se perdía a lo lejos, en los montizuelos color de violeta que limitaban la cañada, en el trozo de ría de un azul hialino que se extendía más allá del castañar. Por allí llegaría su padre, a la hora crítica en que él más descuidado estuviese...

Un momento, hasta que se perdió la figura de su madre, cargada con la cesta, en la revuelta del camino, Cirilo permaneció pensativo, inmóvil, rumiando las palabras de la Sabidora. Después, precipitadamente volvió a entrar en la pobre casa; había oído llorar a una de las criaturas, Gustiña —Justa—, que era el mismo pecado, y de fijo habría hecho alguna maldad. Y, en efecto, arrastrándose, Gustiña pudo subir al hogar, y aterrada de tener tan cerca la lumbre, de oír el glu del pote, sin acertar a retroceder, se desgañitaba. El mayorcito, de cinco años, en camisa rota, de pie, miraba a la menor, absorto, metiéndose el pulgar en la boca rosada y sucia. Cirilo riñó, salvó a la traviesa, recebó la lumbre y corrió a ordeñar la vaca, para dar a los chicos buenas sopas de leche con pan de maíz desmigajado. Estos menesteres piden tiempo. Así que atracó de sopas a los rapaces y los vio con el vientre tenso, redondo, los arrulló, los acostó juntos sobre un lecho de poma, hojas de maíz eco, con las cuales rellenan en el país los jergones. Aguardó impaciente hasta que la respiración igual y dulce de las criaturas le indicó que por una hora, al menos, no necesitaban vigilancia; rebañó el puchero de las sopas, y despacio, hundidas las manos, a falta de bolsillos, en la cintura del astroso pantalón, se metió por los sembrados hacia el hórreo de la señora Eufemia, detrás del cual se extiende la linde del bosque del castillo de Castro. Bajo la bóveda de los castaños centenarios, las vigas magníficas que se yerguen a alturas de muchos metros, sobre el musgo enjuto y velloso y la delicada hierbecilla anémica que crece al sombrizo del follaje, Cirilo se tiende para continuar soñando... Su padre llega; viene jinete en un potro fiero, arrogante, haciendo corvetas y manejando un sable relucidor; le coge a él, a Cirilo, y le aúpa al mismo caballo, y allí le aprieta contra su pecho, y le incrusta en la carne los bordados del gran uniforme, el metal de las condecoraciones... Cirilo, herido, magullado, venturoso, suspira y se despierta... Porque realmente era que se había dormido agobiado por el calor, y al abrir los ojos, la conciencia de su responsabilidad le alarma y le hace saltar, salvar a brincos la linde del bosque, el hórreo, el seto... Mal despabilado aún, se frotaba los párpados... ¿Qué era lo que le nublaba la vista? Tardó unos segundos en comprender...

"¡Humo! —pensó, al fin—. ¡Humo! ¿De dónde sale? De casa... ¡Ay Virgen!... El humo, el humo sale de casa... ¡Fuego!... ¡Hay fuego!"

Aquello no era correr, era galopar. Los talones de Cirilo se juntaban con su grupa. Su boca, abierta, llena de un torbellino de aire, no podía formar sonidos ni gritar el ¡socorro! ¡socorro!, que le subía a los labios. En su cerebro no había ideas, sólo el retemblido, el zumbido sordo de una enorme masa próxima a desprenderse y envolverlo todo en su caída... Según se aproximaba a la casuca, entre la humareda densa y creciente, distinguía el rojo de la llama, la lengua vibrátil que salía de las fauces de sombra. Tan disparado iba el niño, que, para detenerse en seco ante la puerta, necesitó sentir que se asfixiaba con el humazo...

Un instante vaciló. La casa ardía rápidamente; sola, abandonada, tranquila, ni un alma había acudido; alrededor no existían vecinos, y como en la canícula suelen inflamarse pajares y rastrojos, la gente de los contornos no se preocupaba de humaredas. Dentro estaban las criaturas, las que, sin duda, despertándose y jugando tercamente con los tizones, habrían prendido el incendio... Se quemarían allí, como dos pichoncitos tostados en el mismo palomar. Pero Cirilo comprendía también que si entraba era para ganarse la muerte. Un sudor frío humedeció sus sienes, en donde latía la sangre, agitada por la carrera loca. ¡Perecer achicharrado! Al fin, los cativos ya estarían muertos; su llanto no se oía... El muchacho retrocedió.

"Quedas responsable, Cirilo", murmuraba dentro de él la voz materna.

Y la paterna, la de aquel apuesto general que tanto amaba a su hijo y se acordaba de él y vendría a buscarle, repetía:

"Anda, valiente, anda, que para eso tienes sangre mía..."

Cirilo hizo la señal de la cruz y se arrojó al horno, entre dos llamaradas, que le recibieron como dos brazos rojos de verdugo...

"Blanco y Negro", núm. 85, 1907.

EL VIDRIO ROTO

ay seres superiores o siquiera diferentes y hasta opuestos al medio donde aparecen. Uno de estos seres fue Goros Aguillán, protagonista de la verídica e insignificante historia que me refirieron en la aldea, donde la comentan sin entenderla ni mucho ni poco y buscándole explicaciones a cuál más absurdas.

Goros fue el mayor de los cinco o seis hijos de un sacristán labriego, perezoso como un caracol y pobre como las ratas. No habiendo en la casa ni un ochavo moruno, ni ánimos para ganarlo trabajando, puede calcularse cómo estarían de abandonados, miserables y sucios la vivienda y sus habitadores. La morada de los Aguillanes era, sin embargo, de las más espaciosas y bien construidas de la aldehuela; pero la incuria y el desaliño la tenían transformada en pocilga repugnante. Desde que Goros (Gregorio) tuvo edad para empuñar una escoba, fabricada por él con mango de palo de aliaga e hisopo de silbarda, se dedicó los domingos, con el ardor de la vocación que se revela, a barrer, asear, desarañar y dejarlo todo como un espejo. Los vecinos se burlaban, su madre le puso un apodo... y él barría, redoblando su actividad, y sintiéndose en un mundo aparte, superior, lejos de su gente, dentro de una existencia más noble y refinada, que no conocía, pero presentía con una especie de intuición, y de la cual sólo un tipo se había presentado ante sus ojos: el pazo del señor, con sus anchos salones mudos y graves, y sus ventanas de colores claros. Justamente Goros sufría un diario tormento al ver en la ventanuca del tabuco, donde dormían hacinados él y otros cuatro hermanitos, un vidrio roto, del que apenas quedaban picos polvorientos adheridos al marco, y que se defendía por medio de un papel aceitoso pegado con engrudo. ¡Si Goros hubiese tenido dinero...! Cada mañana, al despertarse, la vista del vil remiendo en el cristal le producía la misma impresión de rabia. No lo decía. ¿Para qué? Su padre le hubiese contestado que así estaban los vidrios de la parroquial; su madre, más viva de genio, le hubiese soltado un pescozón...; y en cuanto a los chiquillos, le mirarían atónitos: retozaban tan felices en la porquería como los patos y las gallinas en la charca y el cieno del corral.

A los quince años, Goros, poniendo por obra lo que meditaba, logró colarse de contrabando o polisón en un transatlántico que partía de Marineda con rumbo a la América del Sur. Empezaba a realizar su mundo propio, huyendo de aquel mundo inmundo —claro es que a él no se le hubiese ocurrido el juego de palabras— en que el destino le había confinado. Y es el caso que, al perder de vista la costa, al divisar a lo lejos como un ligero centelleo rojo que se extinguía, el relumbrar de las acristaladas galerías marinedinas, sintió una pena rápida, sorda, una punzada en el corazón, que era amor hacia lo que dejaba, detestándolo. ¡Anomalía de nuestro ser, espuma del mar de contradicciones en que nadamos!

El sentimiento de cariño de lo dejado atrás fue acentuándose con el tiempo. Goros, después de privaciones crueles y trabajos de bestia, empezaba a salir a flote. Así que sentó el pie en terreno firme, medró aprisa. Su inteligencia comercial, su olfato del confort moderno le adquirieron la estimación de sus patronos; asociado al negocio, le imprimió vuelo sorprendente; la riqueza, sólo deseada para satisfacer ciertos pujos artísticos de goce en el arte ajeno —porque artista creador no lo sería nunca—, acudió a sus manos. ¡A las del artista sería más difícil que acudiese...! Y Goros, una mañana, se despertó en camino de millonario, viendo el porvenir al través de lunas anchas, transparentes, sin una mota de polvo...

Más que nunca se acordó de la vieja casa de los Aguillanes, del feo vidrio roto y tapado con papel churretoso, que el aire hacía bambolear y las moscas nublaban con nube rebullente y zumbadora... Ya había girado distintas veces regulares cantidades para librar de quintas al hermano, para la grave enfermedad de la madre, para la boda de la hermanita, que se estableció poniendo en Areal una tienda. Era un gotear continuo; cada correo traía una súplica plañidera, dolorosa, un ¡ay! de la estrechez. Ahora consideró Goros que estaba en el caso de adelantarse, sin esperar a que le rogasen humildemente. Y giró rumboso un bonito pico: seis mil pesos oro, para que fuese sin tardanza reparada, restaurada, amueblada y arreglada decorosamente la casa patrimonial. "Que pongan en las ventanas vidrios bien fuertes, bien hermosos; que muden aquel roto, y que la criada, porque es preciso que mi madre tenga una criada para su servicio, los lave de vez en cuando. Lo encargó mucho. En los vidrios sucios está el germen de mil enfermedades, os lo advierto..." Y Goros, que ya era don Gregorio, escrito este párrafo, probó un bienestar íntimo y dulce, figurándose cómo estaría la vetusta mansión, antes tan miserable y hoy asombro de la aldea; pintada, encalada, con ventanas espejeantes al sol, y un huerto–jardín, cultivado por jornaleros, sin que el achacoso padre tuviese que encorvarse para destripar terrones...

Cuando tales imágenes asaltan la mente, engendran tentación irresistible de ir a contrastarlas con la realidad. Cada vez más fáciles y cortos los viajes, puestos en marcha los asuntos, don Gregorio decidió presentarse en su aldea de sorpresa —es el programa seguro de todo indiano—. Y así pensado, así hecho. Desembarcó en Marineda, donde nadie le conocía; alquiló el primer coche que vio enganchado al pie del muelle, cargó en él solo el magnífico saco de mano, y con voz que temblaba un poco, ordenó: "A Santa Morna..." Él mismo, no sabría expresar lo que embargaba su espíritu... Si consiguiese llorar, se sentiría completamente dichoso. Pensaba, más que en la familia, en la casa, el domicilio... ¡Qué emoción encontrar viva, reinozada, a la caduca, a la triste mansión! Y ofrecía propina al cochero para que volase.

Al avistar el sitio soñado, dudó de sus ojos... Porque la fe tiene esta rara virtud: creemos que es lo que debía ser, y descreemos de la evidencia... Allí estaba la casa, allí, pero idéntica a como don Gregorio la había dejado al marchar: el mismo montón de estiércol a la puerta, el mismo charco infecto que las lluvias habían saturado del hediondo puré del estercolero, iguales carcomidas puertas despintadas, igual facha- da de tierra y pizarra, donde las parietarias crecían... ¿Es esto posible, santo Dios?

Se precipitó adentro como una bomba... En vez de abrazar, pidió cuentas. El padre, tembloroso, casi se arrodillaba ante aquel señor adinerado, que era su hijo.

—¡Válganos San Amaro!... Goros... mi alma... fue una cosa así... No fue con mal pensar... Mercamos tie- rras, santo bendito, con los santos cuartos que man- daste... La casa, buena está para nosotros; así Dios nos dé casa en el cielo...

—Y puedes subir —añadió, triunfalmente, la ma- dre—, y has de ver que mudamos el vidrio a la venta- na, como disponías...

Don Gregorio se lanzó a su tabuco, la mísera ha- bitación donde aleteaban los sueños de la niñez. Era cierto: en el sitio del vidrio roto habían colocado uno nuevo, verdoso, manchado de masilla. No supo don Gregorio lo que le pasaba, qué conmoción sentía. ¡El vidrio aquel! Tanto como lo había mirado al desper- tarse, guiñando los ojos al sol que en él reía, a pesar de las impurezas, de las inmundicias, de que no se acordaba ya. Por aquel vidrio roto le entraban el fres- co y el olor del campo, y hasta las moscas eran de oro sobre él, y hasta sus aristas fulguraban a veces. Y volviéndose tristemente a su madre, murmuró:

—¡Vaya por Dios! ¡Quitar el vidrio...!

***

Y en la aldea de Santa Morna no saben por qué el indiano se fue tan cabizbajo y tan cariacontecido, cuando su madre, según ella repite, le había complacido en casi todo.

"Blanco y Negro", núm. 856, 1907.

EL INVENTO

l bazar, aún pareciéndose a los demás bazares, revestía un aspecto particularmente depresivo para el ánimo. Era el mismo hacinamiento de camas doradas, sillas curvadas de madera, paquetes de ferranchinería oxidados, cubos de cinc, loza grosera y pretenciosa, cacerolas ordinarias y cromos que dan ganas de llorar; erizaba el pelo de la estética, a fuerza de fealdad moderna acumulada; pero tenía, además, una nota de abandono de descuido, que aumentó la repulsión que me infunde este género de establecimientos, en los cuales no hay más remedio que entrar a veces, obligado por la necesidad prosaica de un kilo de tachuelas o un litro de barniz Flatting...

El dueño del bazar era un viejo que existía sin deber existir; un residuo humano. Aunque a los comerciantes españoles, en general, dijérase que les importaba poco vender, éste exageraba el desdén hacia la ocupación. Se creía que, al pedirle el género, se le daba una mala noticia...

El dependiente, un chico escrofuloso y atontado, con las manos colgantes, no llenaba más fin que añadir un detalle antipático al conjunto; así es que fue el mismo dueño el que se dedicó a servirme renqueando. Me fijé entonces en su cara, y noté que estaba como devastada por un torrente de llanto, una convulsión dolorosa. Había en ella surcos de amargura, y en los ojos, un abismo de desconsuelo y de horror. Los hombros se inclinaban, agobiados, vencidos, como si les hubiese caído encima un peso enorme...

Al recoger un envoltorio mal liado, dije, sin fijarme:

—¿No tiene usted familia que le ayude?

Sobresalto... Me miró como quien pide justicia —de esas miradas que protestan, que claman al Cielo— y suspiró:

—¡Ah! Usted, por lo visto, ha oído algo ya...

Yo no había oído palabra, pero hice que sí con la cabeza.

—Pues si ha oído, comprenderá...

Y recibiendo el dinero, sin mirarlo, añadió esta reflexión incongruente:

—Más nos valiera a todos nacer allá en otros tiempos, cuando no había invenciones... ¡Invenciones del demonio! ¡Para perdernos, para perdernos!

Inicié un murmullo de asentimiento, sin comprender. A los pocos días salió a relucir la historia: fue de actualidad, porque encontraron al tendero muerto en su cama, ya rígido. Su corazón estaba según dijeron, fatigado, y de pronto se habría negado a seguir prestando servicio; era hora de que reposase...

Aquel tendero, Nicolás Fortea, vino a establecerse en Areal haría más de treinta años, y su bazar, una innovación, dio mucho que decir en pro y en contra. Traía elementos de lujo, del lujo falso, chabacano, de esta época en que todos queremos ser iguales a todos. Le acompañaba su mujer, que a los del pueblo les causó la impresión de un ser supremo, porque se peinaba y se vestía graciosamente, hablaba fina y traía a su niño muy mono, aseado, almidonado, hasta con el pelo en bucles, moda que las mamás lugareñas empezaron a criticar y acabaron por imitar.

"Los del bazar" adquirieron rápidamente prestigio excitando envidias —pues el ínfimo comercio de Areal no les perdonaba aquella manía de embellecer la tienda, de presentar novedades en artículos, procedentes de Barcelona y hasta de Inglaterra, y de atraer compradores, armando bulla, repartiendo prospectos y recibiendo encargos de la capital de puntos muy distantes—, por lo cual corrió la voz de que los Fortea "se achinaban", "se hacían de oro".

Y algo había de verdad en la afirmación. El comercio es productivo, si el capital rueda mucho, y Fortea, en vez de guardar sus ganancias, las invertía inmediatamente en género o en mejoras. Quería el dinero a mano, para esparcirlo y recogerlo acrecido por la especulación; y el primer cofre de valores que se vio por aquellas tierras fue el que Fortea instaló en su escritorio. Entonces se aseguró que le sucedería un "chasco pesado", que le robarían, que ya se estaba organizando la gavilla clásica. Respondía riendo Fortea que los ladrones sí que se llevarían "el camelo del siglo", pues, dada la actividad con que manejaba y sacudía el dinero, probablemente se encontrarían dentro de la caja un ratón. ¡Los ladrones! ¡Que no se metieran con él, o les daría una lección de las que no se olvidan!

Otro género de extrañezas provocaba el que la linda esposa de Fortea hiciese tan frecuentes viajes a la capital. Fortea también se ausentaba a menudo, pero en él lo explicaban los negocios, que le traían a mal traer; y algo no bueno debía de sucederle, porque empezó a vérsele preocupado. La señora de Fortea pretextaba tener que atender a la salud de su madre, anciana y achacosa. Cuando no andaba atravesado por los caminos el marido, andaba la mujer. Y en Areal, las malas lenguas se despachaban a su gusto...

Los esposos vivían, sin embargo, en la mejor armonía, con trazas de ser muy felices, y el bazar subía como la espuma cuando ocurrió el terrible suceso, del cual corrieron versiones muy varias...

Acababa la esposa de regresar de uno de sus viajes, cuando el esposo le anunció que salía hacia distintos puntos, y tardaría lo menos una semana.

—¿Necesitas fondos? —añadió—. Los pagarés no vencen hasta mi vuelta, pero hay el gasto de la casa.

—Tengo bastante —se apresuró ella a decir—. No me hace falta nada... Sólo quisiera saber... si queda mucho guardado en la cala de caudales.

—¿Por qué? —exclamó Fortea, con ligero esgrerice de susto.

—Porque tengo miedo, hijo... ¡Si nos roban!

—Estate tranquila —respondió él, vivamente—. Queda una cantidad regular; sobre tres mil duros... Tú conoces la combinación para abrir, pero te prohíbo que abras..., ¿entiendes? Te lo prohíbo. Precisamente hay ahí una cuestión... Tengo unas sospechas...

—¿De qué? —interrogó ella, un poco pálida, escrutando la cara del marido.

—Es largo de contar... A mi vuelta... Ahora el coche se va... Tú deja la caja en paz... ¡Cuidado!

Aquella misma noche, a cosa de las diez, un ruido extraño, como de varias detonaciones consecutivas, y unos gritos agudos, alarmaron a la tendera de lienzos, que vivía pared por medio del bazar. Salió al balcón pidiendo auxilio, y, al reunirse gente, decidieron llamar a la puerta de los Forteas, y como nadie contestase, la forzaron, subieron aprisa a las habitaciones del primer piso, que, con almacén y tienda en el bajo, comprendía la vivienda toda. Del escritorio salía un resplandor y quejidos lastimosos. Entraron; el espanto los hizo retroceder. La mujer de Fortea yacía en el suelo, ante la caja de caudales... Las balas del aparato defensivo, del mata ladrones, traído de Londres e instalado el día antes por su marido, la habían fusilado literalmente; y, como al recibir el primer disparo se le hubiese caído de la mano el quinqué del petróleo, sus ropas se habían inflamado, y el cadáver ardía. A su lado se retorcía entre las llamas el niño, que, al acudir al grito de su madre, al estruendo de los disparos, inclinándose sobre ella, se le inflamó la camisa, los bucles, no pudo huir, y cayó al suelo desmayado de dolor, despierto luego en el brasero del suplicio... Toda la tragedia fue obra de un minuto...

Cuando Fortea, avisado, volvió y se convenció de su infortunio, le acometió una especie de locura frenética y habló a voces, arrojando alguna luz sobre el misterio... Se acusaba de haber sospechado de su dependiente, de haberle atribuido la desaparición de sumas que faltaban de la caja, de haber preparado impíamente la muerte de un hombre, de haber traído de fuera el maldito invento... Y a cada paso repetía:

—¿Por qué me robaba ella? ¡Díganmelo...! Ustedes lo sabrán... ¿Por qué me robaba?

Y nadie lo sabía ni lo supo... ¿Era para pagar los vicios de incógnito cortejo? ¿Era para dar a su madre buen trato, medicinas caras? ¿Era para comprar aquella ropa primorosa que vestía...?

Al cabo, Fortea, deshecho, peliblanco, volvió a aparecer detrás del mostrador... Pero nunca más guardó nada en la caja fatídica, y el producto de la venta pasó a un cajón, mientras el polvo invadía los rincones, y la tienda adquiría su aspecto de abandono, de indiferencia letal... En los rincones, las arañas tejían.

"Blanco y Negro", núm. 957, 1909.

LA HOZ

¿Por qué tardaba tanto el mozo? Por lo mismo que los otros días —pensaba la Casildona—. Allá estaría en el playazo de Areal, bañándose y ayudando a bañarse a la forastera de la ropa maja. Ella lo había visto con sus ojos... ¡Hum...! Cosa del demonio no sería, pero tampoco de ningún santo... Aquel Avelino, esclavo de la obligación, que no faltaba nunca a sus horas, desde la fiesta del Sacramento era otro; desde la tarde en que conoció a la forastera, la de la sombrilla encarnada y los zapatos de moñete, colorados también, la querida del fabricante Marzoa, según las murmuraciones de Arcal...

El, sí: él, trabajador era, y humilde, y sufrido. y nunca una palabra más alta a su madre, y la cabeza gacha, si le reñían; pero ¡de buena casta venía para no gustarle el pecado! Los recuerdos, como murciélagos, empezaban a revolar torpemente, sombríos, en el cerebro estrecho de Casildona, bajo el cráneo duro, cubierto de estropajosa pelambre gris. "¿Qué aventuramos a que sale como su padre, panderetero, con un cascabel en cada botón del chaleque?" ¡El padre de Avelino! Aquel señorito de Dordasí, vago de profesión, más bebido que un templo, sin dejar rapaza a vida, atreviéndose hasta con las casadas, ¡nos defienda San Roque! Sólo Casildona, la del caserío de Fontecha, le había puesto a ochavo la sardina... ¡Vaya! Así que vio que la cintura del refajo andaba estrecha, le soltó al señorito: "¡O te estripo, o las bendiciones del cura, que lo que naciere, mediante Dios, padre ha de tener!" Y como se sabía que Casildona era mujer para eso y más que para eso..., el señorito casó con ella. ¿Qué se le importaba, al cabo? En su degradación de vicioso, con su pequeño patrimonio hipotecado, comido de deudas y obligas, el hidalgo de Dordasí pasaba la vida en tabernas, entre gañanes y marineros. Unido a Casilda, ella fue quien trabajó para mantenerle, hasta que estalló de una borrachera, y para criar y enviar a la escuela al niño. Mientras ella, la bestia de carga, araba, sallaba y curaba del ganado, Avelino se instruía... La madre respetaba en el hijo la sangre, el señorío arrastrado y todo por el suelo. "No nació Avelino para la tierra..." Un confuso instinto de jerarquía social se alzaba en el espíritu de Casildona. Avelino trabajaría con el entendimiento, sentado a la sombra, lavadas las manos. Y así era: colocado le tenía en la oficina de la fábrica de conservas de don Eladio Marzoa, la mejor de Arcal...

A qué horas comería hoy el caldo!

Preocupada, Casildona arrimó más palitroques a la lumbre, y sacó al corral un cazolón de bazofia; era preciso que viviesen otra madre y su progenitura: la gallina pedriscada, que desde la víspera se pavoneaba con un rol de veinticuatro pollitos.

Un bulto surgió ante la cancilla del corral: era una rapaza a quien apenas se le veía la faz morena, tostada, en que relucían los dientes blancos como guijas marinas; en la cabeza sostenía inmenso cestón de hierba recién segada, olorosa, que se desbordaba por todos los lados: en la cima del monte de verdura relucía la hoz.

—¡Qué monada! ¡San Antonio los guarde! —anheló, señalando a las veinticuatro bolitas de plumón verdoso, con ojuelos de cuentas de azabache, que cómicamente apurados picoteaban a porfía los desperdicios—. ¡Qué rolada de gloria! A las buenas tardes.

—Dios te vea venir, María Silveria... ¿De dónde, mujer? ¿Del prado de arriba?

—De allí mismo, señora... Póseme, por el alma de sus difuntos, que sudo con el peso.

Casildona ayudó a bajar el cestón, y percibió que ni gota de sudor humedecía la frente de María Silveria, la hija del carretero, la cual se echó atrás las greñas, salpicadas de briznas de hierba y florecillas silvestres, y sonrió para congraciarse...

—Y luego..., ¿no yantaron aún?

—Aún no tornó Avelino, mujer...

En la voz de la madre había cierta condescendencia. Era sabedora de los retozos en el molino, de los acompañamientos a la vuelta de la feria, de los comadreos del caserío; cosas de rapaces. ¿Quién les da crédito? Su hijo no se peinaba para María Silveria. Sólo que ahora, cuidados nuevos quitan cuidados antiguos... La férrea vieja se humanizaba.

—Puede dar que no torne hoy, señora Casildona.

—¿Sucedióle mal? —exclamó azorada, la madre.

—Sucedióle que don Eladio le despidió de la fábrica.

—¿Qué cuentas?

—Lo que me contaron ahora mismo Roberto y su hermano, según pasaban por la vera del prado de arriba, estando yo a cortar la hierba que usté ve con sus ojos.

Y la rapaza pegaba manotadas en el cestón, como si la realidad de la hierba segada autenticase sus noticias.

—¡Despedir a Avelino! ¡A Avelino! —monologaba la madre, escéptica todavía ente el increíble caso.

—No sé de qué se pasma —intervino María Silveria, con veneno en la voz—. Había de suceder, que no le sabe bien al hombre pagar dinero y a más ser engañado miserablemente.

—¿Don Eladio?...

—Cogiólos en la maldad, señora... —recalcó la moza, apretando los dientes y con equívoco resplandor en las castañas pupilas—. Ni se escondían; en la playa se juntaban, escandalizando. Una poca vergüenza se juntar allí, a bañarse sin ropa... —María Silveria insistía, encontrando el delito en la falta de ropa y en la caricia del agua salobre, con indignación de aldeana ruda que no ha bañado jamás su piel—. Y la raída esa, llena de faldas almidonadas, con zapatos colorados, con medias coloradas también hasta riba... ¡A algunas mujeres era poco las ahorcar...!

—¡Que no se plante delante! —murmuró Casildona.

Y como si hubiese sido una evocación, por la revuelta del sendero asomó una pareja. Avelino, alto, esbelto, guapo como una estatua, traía a la mujer cogida por la cintura, sosteniéndola cariñosamente. El sol se filtraba al través de la sombrilla abierta y roja de la raída, y descubría la escasa belleza, la edad, ya casi madura, los afeites, el pelo teñido, ese elemento inexplicable de locura de amor que hace exclamar: "¡No se comprende!" Quien siguiese las miradas extáticas del mozo, observaría que allí el señuelo atrayente no era la cara, sino los pies, elegantes y menudos, que aprisionaban zapatos taconeados alto, de flexible cuero de Rusia: unos zapatos que a cada movimiento de su dueña enviaban fragancias perturbadoras. Y a su vez, los ojos fieros de la madre y de la abandonada celosa se clavaron en los pies insolentes, encarnados, pequeños, semejantes a dos capullos de amapola sobre el verdor húmedo de la senda campesina. Ellas, Casildona y María Silveria, estaban

descalzas, y sus pies, deformados, atezados, recios, se confundían con el terruño pardusco de la corraliza, en cuyo ángulo, al calor del sol, hedía el estercolero. La misma sorpresa las dejaba inmóviles. La pareja avanzaba, charlando confidencialmente.

Al ver a su madre, el muchacho titubeó un segundo. Después, con respingo nervioso, avanzó.

—Madre, comida para mí y la compaña que traigo.

Y se entrometieron, salvando la puerta de la corraliza, medio obstruida por el cestón de hierba de María Silveria.

Los pollitos, arracimeados, gentiles en su redondez dorada, vinieron a picar los zapatos bermejos y la media calada sobre el empeine. La prójima soltó una risa alegre. La gallina, erizada y furiosa, revoló a proteger a su cría.

—El caldo, señora madre —Insistió Avelino—. Traemos necesidad.

Subyugada, callaba Casildona. En las manos sentía hormigueo; en el corazón, bascas insufribles. ¡Si aquello no era más que descaro, bendito San Roque! Pálida, bajo la capa de arrugas y lo curtido de su cutis de yesca, la aldeana hizo un movimiento como para cerrar el paso a su hijo; pero él, cariñosa y autoritariamente, niño mimado y hombre un poco más afinado, la desvió.

—Entra —susurró al oído de la pícara.

Espatarraba los ojos María Silveria. ¿Por qué no le saltaba al pescuezo a tal mujer la señora Casildona? ¿Por qué consentía semejante infamia? ¡Las madres, las lobas del querer, las esclavas de los hijos! ¡A que era capaz de servir de rodillas a la de los zapatos bermejos! Y, en efecto, la vieja se hacía a un lado, abriendo camino. La pareja desapareció, entrándose en la casa, y guiando Avelino con solicitud.

—Por aquí..., por aquí... Aquí hay asientos...

Mientras ella se sentaba, dejando la sombrilla y abanicándose con diminuto japonés, el hijo arrinconó a la madre, secreteando a su oído:

—No hubo remedio... Fue una cosa así... Por poco la mata el brutón de don Eladio. Aquí no vendrá a buscarla... ¡Y si viene!

El gesto completó la frase; el puño cerrado y los llameantes ojos revelaron claramente el impulso homicida.

—Y tú, sin colocación. ¡Estamos amañados! —objetó tristemente Casildona.

—A mí me echó de su casa ese bárbaro, que si me descuido le desojo la cara a bofetones... No se apure madre... Para todo hay remedio. Mañana me voy a Marineda, y allí colocaciones sobran. Y si faltasen, ¡a América! ¡Aire!

Hablaba febril, gesteando y balbuceando. La madre tembló. Creía ver al padre en sus últimos accesos de alcoholismo.

—Loco viene, loco... ¡Me lo ha vuelto loco la forastera!

Con manos trémulas de ira, les sirvió de comer lo poco y humilde que había: el caldo regional, leche y fruta. La prójima, abanicándose y haciendo mohines, se dejaba servir por la madre de Avelino. Avelino, a pesar de sus afirmaciones de traer tanta hambre, apenas probaba bocado. Miraba a su huéspeda fija y apasionadamente; le hacía plato, fregaba el único vaso de vidrio y corría a la fuente a llenarlo de agua cristalina para traérselo. Al salir, tropezó en el corral con María Silveria, en la cual ni había reparado antes. Sentada al lado del cestón de hierba, dejándolo marchitarse al sol, la rapaza lloraba, tapándose con su pañuelo de algodón y bajando avergonzada la cabeza.

—¡Eh, déjame pasar!... Tú, ¿qué haces aquí? —pronunció ásperamente Avelino.

—¿Qué hago aquí, qué hago aquí? —contestó ella, levantando súbitamente los ojos encendidos—. Ver cómo pasan los hombres que perdieron la vergüenza de la cara. Eso es lo que hago aquí, Avelino de azúcar.

Encogiéndose de hombros, el mozo la desvió con movimiento despreciativo, y siguió en busca de la fuente, que surtía a tres pasos de allí, entre helechos, bajo una higuera y un castaño, cuya sombra enfresquecía la corriente pura. María Silveria apretó el puño y lo tendió hacia su amor antiguo: antiguo, ¡ay!, y presente, que bien sentía en las entrañas, en la quemadura aquella, de rabia y desesperación, que el amor aldeano, furioso, vivía y se revolvía como gato montés o tejón salvaje acosado por cazadores. Regresaba Avelino ya, trayendo rodeado de plantas verdes para resguardarlo del calor de las manos el vaso de agua helada casi. Y María Silveria, incorporándose, le insultó otra vez.

—Anda, anda a servir a la de los zapatos rojos... Que te pise el alma con ellos, a ver si tienes alma, Avelino de azúcar... ¿Te acuerdas del molino de Pepe Rey? ¿Te acuerdas lo que parolamos?

—Larga de aquí, y cálzate esos pies, que das enojo —fue la respuesta de Avelino, al amparar el vaso por temor de verter el agua.

María Silveria calló... Sus puños morenos, de trabajadora, se alzaron al cielo, protestando. El cielo sabía que ella nunca había hecho mal a nadie, y el cielo no debe de ser amigo de las malvadas que embrujan a los hombres con zapatos colorados, moñudos. Se inclinó sobre el cestón; cogió de él la hoz de segar, afilada, reluciente, que manejaba con tanto vigor y destreza, y ocultándolo bajo el delantal, se metió por la casa adentro, segura de lo que iba a hacer, de la mala hierba que iba a segar de un golpe.

EL SONAR DEL RÍO

La tradición era constante: en aquel vetusto pazo había enterrado un tesoro.

¡Se había hablado de él tantas noches en las veladas de la aldea, junto al hogar donde hierve mansamente el pote y se asan las primeras castañas, ya rellenas de sabrosa pulpa! En tantas ocasiones se había mentado el tesoro oculto, en la tertulia del atrio, a la salida de misa, apoyados los hombres en sus palos y bien rebozadas las mujeres en sus mantillas de paño y en sus pañuelos amarillos de lana con cenefas y flecos de vivos colore!

Y estaban conformes todos los pareceres: si ellos fuesen los dueños del pazo, ya lo habrían demolido, piedra por piedra, para buscar el tesoro hasta en sus cimientos. No comprendían cómo el señor, aquel señor de tan adusta traza y de tan consumido rostro, y al cual, en punto a intereses, no le iba muy bien, pues estaba comido de hipotecas y deudas, no desenterraba o sacaba de la pared, donde sin duda dormía, el tesoro fabuloso.

Y, en efecto, don Mariano José Lamela de Lamela andaba a la cuarta pregunta, y nunca había querido ni arañar la cal ni meterse con las telarañas de las vigas, por si el tesoro aparecía tras de ellas en algún escondrijo. Razón bien sencilla: don Mariano José no creía en la existencia de tesoro semejante.

No; no creía, ni predicado por frailes descalzos. ¿Cuál de sus ascendientes, a ver, guardó en el pazo de Lamela tal riqueza, y cuándo, y cómo? Los tesoros no llueven del cielo; si la gente es rica, no se ignora. Ahora bien: desde tres generaciones acá, los Lamela eran pobres, más cada vez, porque iban dejando mermar su hacienda, roída por los ratoncillos, o sea los malos pagadores, que, hoy uno y mañana otro, iban desertando, especialmente los foreros, que tienen la especialidad del atraso crónico, por el cual van apropiándose las tierras sin satisfacer ni la microscópica pensión. Los Lamela sufrían con paciencia que no se les pagase, y lentamente se deslizaban hacia la miseria. Don Mariano José no recordaba nunca que en su casa hubiese dinero, y lo que le ponía sombras de tristeza en el rostro era justamente ese ahogo continuo, encubierto bajo la apariencia de señorío, y no diré de pasada grandeza, porque nunca la hubo en aquel nido de menesterosos hidalgos. Un poco de remordimiento ante la ruina, en que no dejaba de caberles responsabilidad por las ocultaciones y negativas de rentas, era tal vez lo que instigaba a los aldeanos a recordar siempre el tesoro. Don Mariano José era pobre porque quería; con buscar el tesoro, sería opulento. La fantasía bordaba el tema. El tesoro eran miles de onzas portuguesas y castellanas; eran ollas de monedas de todas clases; eran sabe Dios qué magnificencias que ellos no pudieron describir, por no conocerlas de vista, por no tener idea de su forma; pero que pintaban a su modo, tomando por base las sartas y brincos llamados sapos de oro que lucían al cuello las mujeres en los días de fiesta.

El señor de la Lamela se encogía de hombros cuando alguno de sus convecinos tocaba este punto. ¡Cuentos de viejas! Que no le hablasen de tal patraña. Más valiera que le pagasen lo que le debían, para que él, a su vez, pudiese acallar a los que le abrumaban a demandas y reclamaciones de todo género.

Era uno de éstos un industrial muy despabilado, dueño de un almacén de quincalla establecido en la villa más próxima, y llamado Barcote de apodo, el que un día se presentó en la Lamela, no con el gesto fruncido y la tendencia a la grosería que caracteriza al acreedor desesperanzado, sino con el aire más cordial, y hasta un poco tímido, del que solicita.

—Don Mariano, yo vengo a proponerle... No le parezca mal... No piense que traigo exigencias, no, señor; todo lo contrario. Si nos avenimos, hasta le daré recibo finiquito de esa suma de novecientos veintiocho reales que tenía, ¿ya recordará?, que satisfacerme.

—Oiga usted —repuso el señor de Lamela, a cuyas mejillas descoloridas y flacas asomó un lampo de rubor—. Yo no admito regalos. Pienso pagarle como Dios manda. Sólo que, casualmente, en este momento...

—No, si no se trata de regalar... Es un convenio, y yo pienso ganar bastante en él. Se trata..., ¡verá usted!, del tesoro que hay en este edificio...

Saltó don Mariano José nerviosamente:

—Señor mío..., no hay tal tesoro. ¡Si lo sabré yo! Todo eso es una gran paparrucha.

—Señor don Mariano, usted no lo puede saber, una vez que no ha hecho ninguna diligencia para descubrirlo; ni usted, ni su señor padre, ni su abuelo, que santa gloria haya, ni nadie de su familia. Y yo no le pido sino una cosa bien sencilla y bien útil para usted. Me permite registrar el pazo. Si destruyo algo, lo construyo a mi costa. Si aparece lo que pienso, partimos. Si no aparece nada, está usted lo mismo que ahora. Quien ha perdido tiempo y el trabajo soy yo, Barcote.

No era posible negarse. Como última protesta, el señor de la Lamela exclamó todavía:

—Haga lo que le dé la gana... Pero lo que usted encuentre de tesoro, ¡que me lo claven aquí! —y apoyó con fuerza el índice en la frente.

Por toda contestación, Barcote murmuraba:

—Cuando el río suena...

Al día siguiente, el almacenista se instaló en el pazo y dio principio a su indagación. No manejó el pico, no demolió nada, limitándose a prolijos reconocimientos, tanteos de paredes y suelos, apoyando la cabeza y el oído para percibir si existían vacíos, huecos sospechosos. Don Mariano, de muy mal humor, empezó por encerrarse en su dormitorio; que no le hablasen de tales tonterías. Al poco tiempo, sin embargo, fue dejándose ver, y hasta interesándose, si bien en broma, por la labor de Barcote.

—¿Y luego, mi amigo? ¿Apareció ese gato? ¿No? ¿No se lo decía yo, hombre? Mire, es como la luz. El tesoro, caso de haberlo, no viene de muy antiguo; estos disparates comenzaron a correr allá en vida de mi abuelo don Juan Nepomuceno de la Lamela. Ni él, ni su padre, ni sus hijos, tenían onzas que enterrar.

¡Onzas! ¡Quién se las diera! Y siendo así, ¿de dónde procede semejante caudalazo?

Barcote miró fijamente al señor. Su fisonomía despierta y astuta expresaba algo singular, entre burla y lástima. Al fin prorrumpió:

—¿No pasó temporadas en este pazo el hermano de su abuelo de usted, que era canónigo en Compostela y falleció de repente?

Quedóse don Mariano hecho estatua. ¡Y más sí! ¡Allí había vivido el canónigo Lamela, y existían cartas de él a su hermano, un fajo, en el archivo!

—Ese canónigo —declaró Barcote— tuvo de ama de llaves a una tía mía, que ha muerto muy anciana. Ella le contó a mi padre que el canónigo pasaba por riquísimo, y a su muerte se le encontró muy poco. Por cierto que mi tía tuvo buenos disgustos, porque le preguntaban los herederos, y ella no podía dar razón. Vea, don Mariano, por dónde vine yo a escamarme. Si hay tesoro en el pazo, ese canónigo fue quien lo escondió. Según mi tía, el canónigo se quedaba solo aquí cuando su hermano salía fuera por algún motivo.

Don Mariano, sin responder, corrió al archivo. Sufría ya el contagio de la locura general, de la cual se había reído tantas veces. Buscó febrilmente las cartas del canónigo a su hermano. Allí estaban, atadas con un balduque, amarillentas, pero muy fáciles de leer por lo claro de la letra redondilla y lo terso del papel de hilo. Y el señor de la Lamela se enfrascó en su lectura. ¡Oh, desencanto! Nada en tal correspondencia podía interpretarse, ni aún remotamente, como alusión al tesoro. Había, sí, reiteradas quejas de los revueltos tiempos, de la inseguridad en que se vivía; esto era un hilo para devanar que el canónigo quiso soterrar su riqueza, pero ¡hilo tan tenue! Barcote quiso ver las cartas a su vez. Tampoco sacó gran cosa en limpio. Sin embargo, no parecía desconfiar del éxito. Era hombre tenaz, perseverante. Y no quedándole rincón por registrar y estudiar en el pazo, pidió a don Mariano las llaves de la capilla.

Hallábase abandonada; la humedad había comido las pinturas; el retablo, apolillado, se deshacía entre los dedos cuando se le tocaba. Barcote dio mil vueltas al altar, por si en él se ocultaba algo. No había sino polvo y maderas rotas. Entonces, el almacenista se fijó en el piso. Era éste de losas de piedra, y no ofrecía particularidad alguna sospechosa. Barcote, sin embargo, palpó las losas, pasó el dedo por sus junturas.

—¿Qué hay aquí debajo, don Mariano? —Interrogó afanosamente.

—¡Válgame Dios, hom! ¡Qué terco es! ¿Qué ha de haber? Huesos, cenizas de los antepasados.

—¡Lo que está aquí es el tesoro! —gritó enloquecido el almacenista—. ¡Tráigame, por Dios, una barra de hierro!

Don Mariano, con repugnancia, vacilaba. ¡Revolver los despojos de los muertos! A pique estuvo de mandar al diablo al almacenista.

Por fin, con el palo de hierro, Barcote desquició la losa. Sudaba gotas gruesas; del hueco negro que se descubrió salió un vaho de frialdad y sepulcro.

—¿Lo ve usted? Ahí no hay sino osamentas...

Desquiciada otra losa, apareció un ataúd, cubierto de un paño negro hecho pingajos. Barcote saltó al hueco y, sin vacilar, se abrazó al féretro. Mas no podía alzarlo; pesaba como plomo. Don Mariano, de mala gana aún, hubo de ayudarle, y antes que llegase a salir de la cavidad, ya por sus costados se escapaban las onzas y las medias onzas...

Y Barcote, rompiendo a bailar, riendo de placer, exclamó:

—¿Eh?¿Qué tal? ¿Huesos? ¿Cenizas? Cuando suena el río...

"Blanco y Negro", núm. 1439, 1918.

RACIMOS

Desde que eran vides las que rojeaban en las laderas del Aviero, precipitándose como cascadas de púrpura y oro viejo hacia el hondo cauce del río, no se había visto cosecha más bendita que la del año..., bueno, el año no importa. Además de la abundancia, la uva estaba recocha y tenía su flor de miel, su pegajosidad de terciopelo. Cada grano era un repleto odrecillo, ni duro ni blando, reventando de zumo. Y los colores, en el tinto como en el blanco, intensos y muy iguales. No se conocieron racimos que así tentasen a vendimiarlos.

La vendimia se señaló para el 24 de septiembre. Y, como según dicen en el país, cuando Dios da no es migajero, mandó un sol de gloria y unos días de gusto mejores que los de verano, para aquella faena de otoño. Tampoco sería fácil recordar vendimiadura más alegre.

Ello no quita para que el trabajo sea caristoso. Subir a hombros los culeiros o cestones por las cuestas casi verticales de la ladera, hasta soltarlos en la bodega del antiguo pazo, que domina todo el paisaje, vamos, ¡que se suda! Las vendimiadoras echan la gota gorda de su pellejo, con el calor y el tráfago; pero los carretones se derriten al ascender con las cargas, magullados los hombros por el peso, anhelosa la respiración por la fatiga, y sin poder ni pasarse el revés de la mano por la frente, para recoger las lágrimas que de ella se desprenden y caen sobre el fornido y velludo pecho.

Porque son de empuje aquellos mocetones riberanos, hechos al laboreo recio, y también amigos del bailoteo y el jarro, de las mozas para requebrarlas y del palo y la navaja para repeler una injuria. Hombres capaces de subir, no diré los cestones colmos de uva, sino los calvos peñascos detenidos como por milagro en su caída inminente a las profundidades del río. Y la fuerza muscular emanaba de sus cuerpos atezados, de sus pies encallecidos, que parecían echar raíces donde se posaban, de sus voces desentonadas y fuertes, de sus manos anchas tendidas siempre hacia la faena.

Con todo eso —era la opinión de Corchudo, el mayordomo— no sería posible aquel choyo de la vendimia sin el mágico efecto del continuo beber sin tasa, sin límite, por cuencos, por ollas, por moyos... Obligación del dueño de las viñas era dárselo a su talante, y aún, por la mañana, añadir la parva de aguardiente al desayuno de pantrigo. Y todo el día, dijérase que otro río de sangre de Cristo corría por las gargantas abajo para transmitir su vigor a las venas y salir hecho secreción viva por los poros abiertos. De satisfacción tenía que ser la cosecha, a fe, para que no la desfalcasen con lo que trasegaban los sedientos perpetuos y no se advirtiese la merma en las cubas, las enormes cubas panzudas, gloria y orgullo de la bodega más renombrada de los términos comarcanos.

A la hora del anochecer, los cantos de las vendimiadoras hacíanse menos gozosos y provocantes de lo que eran durante el día: la queja clásica, regional, descubría el inevitable cansancio de la jornada. Había, sobre todo, una mocita vendimiadora que, al prolongar el alalaa, parecía diluir en el canto un lloro. Y es que todos lo sabían: aquella rapaza, de mala gana acudía a su labor: más le valiera quedarse en casa, al lado de su madre, encarnada y paralítica. Pero si ella no trabajaba, ¿quién las mantenía a las dos? Los racimos no caen del cielo, que piden mucho trabajo. Para comer buenos guisos de carne, el compango de la vendimia, buen bacalao con patatas, hay que menearse. Rosiña venía al jornal todo el año. Sólo que ganaba menos que otra jornalera. El llamarla era casi una caridad.

Y en los días de la vendimia estaban fijos en ella los ojos de sus compañeras y compañeros, sabedores de algo que picaba la curiosidad. Aquella rapaza —contábase— sentía una repugnancia inexplicable que le hacía aborrecer hasta la vista de las uvas; del vino, no digamos. El solo olor de los racimos maduros le causaba contracciones dolorosas en el estómago; la vista de un vaso donde el rico tinto refulgía como granate, la hacía palidecer. Cada moza emitía una opinión sobre esta singularidad.

—¡Bah, bah! ¡Milindres! —sentenciaba una altona, morena, bigotuda.

—Es el mismo mal que tiene que le sale por ahí —opinaban las compasivas.

Una vendimiadora ya vieja, la casera del pazo, que no se desdeñaba de echar mano ella también, emitía un parecer, acaso el más fundado de todos.

—¿Sabedes qué es ese escrupol que le da con el vino a Rosiña? Que el padre era un borrachón y se volvió tolo de la bebida y la quiso matar cuando era de siete años, y a la madre le dio una paliza que la tullió. Por eso no puede ver el vino...

Como la luna colgase ya en el cielo su gran perla redonda, vendimiadores y vendimiadoras se juntaron en la era. Salieron a plaza panderos, triángulos y conchas, y las coplas se enzarzaron, ya amorosas, ya irónicas y retadoras, y dos parejas esbozaron un baile, que bien quisiera ser la ribeirana, pero iba perdiendo su carácter genuino. Una de las improvisadoras al pandero dirigió la flecha de una copla a Rosiña, que, silenciosa y abatida, se había sentado en un poyo de piedra. Versaba la copla sobre las excelencias del vino, y afirmaba que el que no bebe es un pavo soso o una santa mocarda.

Habituada estaba la muchacha a estas pullas; pero sin duda se encontraba exhausta de cansancio y destemplada de nervios, porque rompió en sollozos, limpiándose la cara con el pico del pañolón. Y fue grande la sorpresa de las vendimiadoras cuando vieron que Amaro, uno de los carretones más animosos y robustos, que a cualquiera de ellas le convendría para darle fala, saltó indignado, exclamando:

—¡A ver si vos callades, eia! ¡Tenedes mal curazón pra metervos con quien no se mete con vosotras! Rosiña, ríete. Es invidia que te tienen...

Nadie chistó. ¿Entonces, el Amaro quería a Rosiña, o qué? Nadie se lo había notado; es más, nadie suponía que a Rosiña la pudiese querer nadie. ¡Fea, fea, no sería; pero con aquella color de leche hervida, con aquel cuerpo flaquito..., donde estaban tantas nenas como manzanas, rollizas, sanotas, metidas en carnes! ¡Y, sin embargo, media hora después del incidente, las vendimiadoras no podían dudar qué, en efecto, el carretón buscaba la fala a la mocita. Sentado cerca de ella, le parolaba tan bajo, que entre el estrépito del triángulo y los panderos y el piafar del baile, no se oía lo que le dijese con tal ahínco. Y ella, la mosca muerta, ¡cómo le atendía y le contestaba! No sollozaba ahora, no... Hasta la oyeron reír, por no se sabe qué gracejo de Amaro...

Y era verdad. Por primera vez, la alegría, la juventud, los fermentos del amor calentaban las venas de Rosiña. La luna iba descendiendo y apagándose en el agua sombría del río, cunado el carretón, al lado de la muchacha, se fue con ella sin volver siquiera la cara hacia las otras, que cuchicheaban y reían irónicamente. Amaro le aseguraba a Rosiña que ya, desde tiempo, teniále voluntad. Bien pudiera casarse allá para Nadal, si venía una letra que esperaba del hermano que marchó a las Américas de Buenos Aires y que le iba bien por aquellas tierras y mandaba cuartiños. Rosiña no saldría a trabajar: en casa, a cuidar della. Y el mozo, mientras recorrían la senda demasiado estrecha, de resbaladizas lages, pasaba el brazo alrededor de un talle delicado como un junco, y murmuraba enternecido:

—¡Qué cintura finiña!

Una caricia más atrevida rozó la mejilla de la moza. La boca de Amaro se acercó a la suya, golosa y ávida. Y ella saltó, se echó atrás, como si hubiese pisado una sierpe, en violenta rebelión de sus sentidos y su alma.

—¡Quitaday! ¡Quitaday! ¡Apestas al vino!

El carretón se apartó, atónito... ¡Pues ya se sabe! Rosiña no podía resistir el vino, no lo podía resistir. ¡El vino, la cosa más buena que Dios ha criado en este mundo! ¡Lo que da alma para trabajar, lo que consuela, lo que recrea; el vino tinto del Avieiro, que si los ángeles pudiesen bajarían del cielo a lo catar! Y dejando caer los brazos, como quien ve un imposible alzarse ante él, el mozo dio rápida vuelta en sentido contrario al que llevaban momentos antes Rosiña y él, tan juntos... ¿Cómo no había pensado en eso, corcia? ¡En buena se iba a meter, hom!...

LA GUIJA

En el pacífico pueblecito ribereño de Areal fue enorme el rebullicio causado por el misterioso episodio de la desaparición del chicuelo.¡Un niño tan guapo, tan sano, tan alegre! ¡Y no saberse nada de él desde que a la caída de la tarde se le había visto en el playazo jugando a las guijas o pelouros.

La madre, robusta sardinera llamada la Camarona, partía el corazón. Llorando a gritos, mesándose a puñados las greñas incultas, pedía justicia, misericordia..., en fin, ¡malaña!, que encontrasen a su hijo, su Tomasiño, su joya, su amor. Su padre, el patrón Tomás, cerrando los puños, inyectados los ojos, amenazaba... ¿A quién? ¿A qué? ¡Ahí está lo negro! A nadie... Porque no pasaban de conjeturas vagas, muy vagas, las que podían hacerse. O a Tomasiño se lo había tragado el mar, o lo habían robado. Si lo primero, ¿cómo no aparecía el cuerpo? Si lo segundo, ¿cómo no se encontraba rastro del vil ladrón?

Bien pensado, cuando la pena dio espacio a que se reflexionase, lo de haberse ahogado Tomasiño no era ni pizca de verosímil. El rapaz nadaba lo mismo que un barco; hacía cada cole que aturdía; y que hubiese tormenta, que no la hubiese, él salía a la playa después de una o dos horas de chapuzón, tan fresco y tan colorado. El mar era su elemento, no la tierra. Lo juraba el patrón: no tenía la culpa el mar.

La hipótesis del rapto o secuestro empezó entonces a abrirse camino. La imaginación de los moradores de Areal la patrocinaba. Se habían llevado a la criatura.¿Quién? ¿A dónde? Aquí tropezaba la indagatoria. Ni la Justicia, ni los padres, ni el público lograban en esto adelantar un paso. La Camarona y el patrón no tenían enemigos. En Areal no se cree en brujas ni en el mal de ojo o envidia. Esas son supersticiones de montaña. Tampoco hay malhechores de oficio.¿Qué pescador, qué fomentador, qué aldeano de las cercanías, de la bonita vega de Areal iba a robar a Tomasiño, sin objeto alguno?

Sin embargo, la Camarona, con esa viveza de fantasía de la mujer, sobreexcitada por el instinto maternal, indicó al juez una pista. Veinticuatro horas antes de la desaparición de Tomasiño, ella había visto por sus propios ojos, cuando llevaba su cesta de lenguados a vender al mercado de Marineda, un campamento de húngaros en el soto de Lama. Allí estaban los condenados, con unas caras de tigre, como demonios, puesto el pote a hervir en la hoguera que alimentaban con leña del soto, que no era suya. Ya se sabe que los húngaros, a pretexto de remendar sartenes y calderos, viven de robar. Ellos, y nada más que ellos, eran los autores de la fechoría. Apenas prendió en la idea, apresuróse la Camarona a buscar, en el soto de Lama, el sitio en que había reposado y vivaqueado la tribu errante. No tardó en encontrarlo: la hierba pisoteada por los caballos, las ramas rotas y las cenizas de la hoguera lo delataban. Y en el momento de fijar los ojos en el residuo negruzco sobre el verdor

del suelo, la madre exhaló un salvaje grito de furor y de certidumbre. Acababa de ver, entre la ceniza, un punto blanco: una china, un pelouso. Recogiendo aquel indicio, corrió a alborotar el pueblo. ¿Qué duda cabía ya? Tomasiño llevaba siempre en el bolsillo del pantalón las guijas del mar con que jugaba. Eran conocidas, eran inconfundibles: blancas como la nieve, redonditas como bolas, y tan pulidas que ni hechas a mano. Escogidas, ¡malaña! Las distinguía ella entre mil, las chinas de Tomasiño. Y hubo en Areal exclamaciones de cólera, llantos de simpatía, clamores indignados, descabellados planes... Pero al presentarse el juez de Brigancia, la Camarona, con la guija en la mano, advirtió que aquel señor no demostraba gran convencimiento. ¿Los húngaros? ¡Bah! De todo se les culpa... ¿Y por una china de la playa se ha de afirmar...? En fin, él enviaría un exhorto... Se avisaría a la Guardia Civil... ¡Cualquiera acierta con el paradero de esos pajarracos! Hoy están aquí, mañana en Portugal... Bueno, se trataría de echarles el guante.

Se trató, en efecto; sólo que no era la Camarona, no era la desesperada madre, sujeta a Areal por las duras cadenas de la pobreza, quien perseguía a los raptores. ¡Y éstos, y su presa, se encontraban ya muy lejos! Así es que la infeliz pescadora, con su guija siempre en la mano, se sienta por las tardes en el muelle, a la espera de las lanchas, y dice a las comadres preguntonas:

—¡Si pasa el juez..., se la tiro! ¡Y le acierto en la sien, malaña!

"Pluma y Lápiz", núm. 3, 1903.

EL AIRE CATIVO

Felipe da Fonte no estaba con humor de romperse el cuerpo en aquella mañana tan bonita de mayo, con aquel chirrear de pájaros que alegraba el corazón, y aquel olido tan gracioso de las madreselvas, que ya abrían sus piñas de flor blanca matizada de rosa y amarillo. Harto se encontraba de golpear la tierra con el hierro, para despertar en el oscuro terruño los impulsos germinadores, y nunca había sentido pereza y desgano sino en aquel momento, en que sus pensamientos no le dejaban descansar, le paralizaban los brazos y le quitaban las fuerzas que requiere la labor mecánica y ruda.

Sus pensamientos iban hacia cierta moza, fresca y colocara como amapola entre el trigal, y que, según voz pública, no tenía voluntad de casarse, porque los hijos dan muchos trabajos. Era Camila de Berte, la sobrina de la tabernera, mujer activa y negociadora, a la cual le había ido demasiado mal en el matrimonio para que animase a nadie a echarse al cuello tal yugo.

Y Camila, enemiga del laboreo del campo, ayudaba a su tía en el despacho de bebidas, cerillas, jabón y otros artículos semejantes, y hacía viajes a la villa próxima para surtir el establecimiento. Se la veía con su cesta en la cabeza, y si el surtido tenía que ser más copioso, con un carrillo tirado por un borrico viejo, que ella misma guiaba. Iba y venía sola, varonilmente, y en el contorno se murmuraba que aquella valentona trajinanta escondía entre los dobleces del pañuelo de talle, de colorines, un revólver cargado.

Todo ello, que repelía a no pocos galanes de la aldea, amigos de hembras mansas y cariñosas, agradaba a Felipe. Fuese que su condición humildosa y tímida le inclinase a buscar en otro ser las energías que le faltaban, fuese por algo que en un hombre de otra esfera y otra cultura llamaríamos romanticismo, aquel aldeano rubio, de facciones delicadas bajo el tueste de la faz, y a quien la vida rústica no había conseguido curtir y endurecer, se sentía atraído hacia la recia morena de manzaneros carrillos, al verla tan desenfadada y decidida, tan capaz de soltarle un estacazo o un tiro a quien se metiese con ella.

Y en ella estaba pensando Felipe intensamente cuando, de malísima gana, no tuvo más remedio que levantar el azadón y empezar a batirse con los terrones. Flojamente, porque quien da tensión al brazo es la voluntad, principió a desbrozar un manchón de maleza que, bajo el influjo vital de la primavera, se había formado al margen del riachuelo y se extendía por el prado adelante. Era una maraña de zarzas y malas hierbas, una viciosa exuberancia de follaje, tallos y raíces, que le subía hasta el pecho al aldeano. Las espinas le punzaban, y las plantas, envedijadas, resistían al golpe de la herramienta. Por fin consiguió abrir un boquete en la espesura, y alrededor de aquel boquete fue arrancando retoños y vástagos, que arrojaba a un lado, con reniegos sordos, pronunciados entre dientes.

Una crispación involuntaria encogía su mano, porque, nervioso lo mismo que un señorito, temía siempre que de la vegetación sombría, bañada y encharcada por el agua, saliesen reptiles. El caso era frecuente, y aún cuando en aquel país los reptiles son más bien inofensivos, Felipe sufría, a su vista, un estremecimiento indefinible, un misterioso terror. La menor sabandija le alteraba el pulso de la sangre, haciéndola afluir a su corazón, en vuelco súbito. Y ya, durante la faena, había brincado fuera del tupido matorral un lagarto, encantador a la luz del sol, que reverberó un instante en las imbricaciones de su verde piel, y encendió dos chispas en las cuentecillas de azabache de sus vivos ojuelos. Felipe, trémulo, había alzado el azadón y asestado certero golpe a la alimaña, partiéndola por la mitad. Los dos trozos quedaron vibrando y moviéndose, y, rabioso, Felipe abrió diminuta fosa y enterró los pedazos, bailando el pateado encima de la tierra con que los dejaba cubiertos... Se secó la frente sudorosa y, resignado, volvió a su tarea.

Apenas daría media docena de azadonazos más, cuando retrocedió horrorizado. Un ser repugnante y monstruoso asomaba entre las tupidas hojas, pegado al suelo, craso por la descomposición del follaje durante todo el invierno en aquel lugar húmedo. Tenía figura de sapo, sólo que era mayor, más ancho, más corpulento. Sobre su lomo, simétricas manchas anaranjadas le darían aspecto de algo metálico, de un capricho de joyería, si su boca de fuelle no se abriese amenazadora y su vientre blanquecino no subiese y bajase, en anchas aspiraciones, animado de una vida odiosa...

Sintió Felipe el ciego instinto del miedo, y estuvo a punto de apelar a la fuga. Comprendía qué clase de espantajo era el que se le aparecía así. Había oído hablar de él mil veces, siempre con acento de terror. Le llamaban la salmántiga, y el vaho de su aliento emponzoñado acarreaba la muerte... Temblando, Felipe discurrió cómo podría, sin peligro de aspirar el vaho, deshacerse del monstruo. Buscó una piedra grande, pesada. Desde lo más lejos que pudo la arrojó sobre el batracio. Seguro de haberlo reventado, se atrevió a acercarse. Y casi se dio un encontrón en la frente con la frente de una mujer, envuelta en el turbante amarillo pano. La mujer reía, mirando a Felipe, lívido.

—¡Home, home! —repetía Camila—. ¿Me tirabas piedras a mí?

—A ti, no, miña xoya... —balbuceó él—. Tiré a la salmántiga.

—En la vida la he visto —declaró la moza—. Quiérola ver. Yergue esa piedra.

Vaciló el muchacho en cumplir la orden. Por último levantó el pedrusco y pudo ver el bicharraco, semiaplastado, pero alentando todavía. Una exhalación fétida soliviantó el estómago de Felipe. Parecía que la salmántiga sudaba veneno por su piel rota.

—Quitaday, Camila... ¿No te da enojo?

—Cosa de gusto no es —contestó ella—; pero mal no lo hace ese bichoco.

—Mal lo hace, sí señor. Ya sabes que trae el aire cativo.

Fue una carcajada mofadora la que exhalaron los labios de púrpura, y la joven trajinanta se cogió las caderas para no desencuadernarse de tanto reír. Guiñaba los ojos, y en las pomas de carmín de sus mejillas se señalaban dos hoyuelos picarescos y tentadores. Estaba para condenar a un santo; pero Felipe más bien percibía la burla que la magia de la apetecible figura inundada de sol.

—Rite, rite... Quiera Dios no llores tú, y más yo, por haber tocado a la salmántiga.

La trajinanta hizo un gesto de indiferencia y buen humor. Luego, subiendo a la altura de su cabeza la cesta, emprendió, a paso gimnástico, el camino que conducía a la taberna. Felipe no intentó detenerla para un sabroso palique. Sentía cansancio inexplicable; pero por no dejar los restos del bichoco descubiertos allí, tuvo una idea. Se acercó al pinar vecino, cortó un brazado de ramas y, hacinándolas sobre el matorral, prendió una cerilla y les puso fuego. La llama se alzó, viva y chispeadora, y a toda la maleza fue comunicándose aquel reguero de viva lumbre; un humo espeso, el de la leña verde, se alzó, envolviendo a Felipe, que se alejó lentamente, yendo a derrumbarse en un vallado, para considerar de lejos el incendio que iba a ahorrarle la molestia de rozar tanta mala casta de zarzales y hierbas moras. Cuando se hubo extinguido la llama, acercóse, todavía receloso. Revolvió las cenizas con el mango del azadón..., y entre ellas, carbonizado, el cuerpo deforme de la almántiga aún conservaba su hechura de pesadilla, de tentación de San Antonio...

Desde aquel día..., ¡ello sería lo que fuese!, lo cierto es que el labrador adoleció de un mal que todos en la aldea atribuyeron al consabido aire cativo. Era languidez, cansera, dolor de huesos, invencible deseo de pasarse el día echado, y por último, lenta fiebre que le consumía. Ya estaba muy adelantada la enfermedad, cuando una tarde Camila, la trajinanta, que hacía veces de mandadera, se llegó a la casuca del mozo a traerle un medicamento. Venía alegre, rozagante de salud, y el mozo, mirándola con una mezcla de admiración y envidia, exclamó penosamente, anhelando al hablar:

—¿Ves cómo fue el aire cativo? ¿Lo ves?

Ella se sentó un momento al borde de la cama del muchacho. Llena de piedad, le ofreció, de una garrafa que llevaba para el consumo de la taberna, un buen vaso de caña; y Felipe, reanimado con la bebida alcohólica, y hasta electrizado, le echó la mano por el hombro con un sordo gemido de amor...

—¡Camiliña! —susurró—. Nunca bien me quisiste... Nunca me diste crédito... Ahora voyme a morir y te pido un consuelo. Ten caridad, mujer...

Pero la trajinanta, la animosa, el espíritu fuerte, retrocedió estremecida ante los labios que se le tendían suplicantes, exclamando:

—Vaday... Sabe Dios si el aire cativo se pega...

DIOS CASTIGA

Desde la mañana en que el hijo fue encontrado con el corazón atravesado de un tiro, no hubo en aquella pobre casa día en que no se llorase. Sólo que el tributo de lágrimas era el padre quien lo pagaba: a la madre se la vio con los ojos secos, mirando con irritada fijeza, como si escudriñase los rostros y estudiase su expresión. Sin embargo, de sus labios no salía una pregunta, y hasta hablaba de cosas indiferentes... La vaquiña estaba preñada. El mainzo, este año, por falta de lluvias, iba a perderse. El patexo andaba demasiado caro. Iban a reunirse los de la parroquia para comprar algunas lanchas del animalejo...

Así, no faltaba en la aldea de Vilar quien opinase que la señora Amara "ya no se recordaba del mociño". ¡Buena lástima fue dél! Un rapaz que era un lobo para el trabajo, tan lanzal, tan amoroso, que todas las mozas se lo comían. Y por moza fue, de seguro, por lo que le hicieron la judiada. Sí, hom: ya sabemos que las mozas tienen la culpa de todo. Y Félise, el muerto, andaba tras de una de las más bonitas, Silvestriña, la del pelo color de mazorca de lino y ojos azul ceniza, como la flor del lino también. Y Silvestriña le hacía cara, ¿no había de hacérsela? ¡Estaba por ver la rapaza que le diese un desaire a Félise!

Cuchicheábase todo esto muy bajo, porque en las aldeas hay sus conjuras de silencio, y toda la reserva que se guarda en otras esferas, en asuntos diplomáticos es nada en comparación con la reserva labriega, cuando está de por medio un delito y puede venir a enterarse "la justicia". Sabían los labriegos ¡vaya si lo sabían!, en quien pudiesen recaer las sospechas. No ignoraban que el matador no podía ser otro que Agustín, el de Luaño, valentón de navaja en cinto y revólver cargado en faltriquera. No era su primera fazaña, pues en el alboroto de "una de palos" de alguna romería, dejó un hombre con las tripas fuera; pero esto de ahora parecía mayor traición, y denotaba peor alma en el criminal que, por lo mismo, infundía doble temor, pues era capaz de todo.

Había recibido el Juzgado una denuncia anónima, escrita con mala letra y detestable ortografía, pero con redacción clara y apasionada, delatando terminantemente a Agustín. Decía también el papel que dos muchachas de Vilar, Silvestriña y su hermana, pasando algo tarde por la correidora que a su casa conducía, oyeron, no un tiro, sino dos, y vieron caer al mozo, y hasta escucharon que pedía auxilio, que no le dieron; se limitaron a encerrarse en su morada. Y el anonimato delator instigaba al Juzgado a que incoase diligencias y tomase declaraciones, que descubrirían al culpable.

El Juzgado, muy lánguidamente, no tuvo más remedio que hacer algo... Tropezó, desde el primer momento, con una pared de silencio. Nadie había visto nada; nadie sabía nada; por poco responden que no conocían ni a la víctima ni al supuesto matador. Las muchachas, esa noche, no habían salido de casa; no oyeron, pues, los gritos de auxilio; y la primera noticia la tuvieron, ellas y los demás, a la madrugada siguiente, cuando el cuerpo de Félise apareció rígido, helado, todo empapado de orvallo mañanero... Esto repitieron las dos mociñas, pellizcando mucho el pañuelo y bajando los ojos.

—Bien te avisé, Pedro, que no cumplía escribir tal carta —decía la señora Amara a su marido, cuando ya se demostró que las diligencias resultaban completamente infructuosas y que ni venticuatro horas estuvo preso el de Luaño—. Como ninguén ha visto el caso, y si lo vio se calla, más te valiera callar tú.

Non vos vale de nada esa habilidá de saber de letra. Sedes más tontos que los que nunca tal deprendimos.

—Mujer —balbuceó el viejo, secándose el llanto con un pañuelo a cuadros, todo roto—, mujer, como era mi fillo, que no teníamos otro, y nos lo mataron como si lo llevasen a degollar... Yo ya poco valgo, ¡pero si puedo, no se ha de reír el bribón condenado ese!

—No hagas nada, hom, te lo pido por la sangre de Félise. ¡No te metas quillotros!

Y la actitud de la vieja era tan firme y amenazadora, sus duros ojos miraban con tal energía, con tal imposición de voluntad, que el padre agachó la cabeza subyugado. Y no se volvió a hablar del asunto, aunque fuese visible que no se pensaba sino en él.

Al aparente olvido de los padres, respondió el olvido real de la aldea. Nadie recordaba —al menos aparentemente— a aquel Félise, tan amigo de todos los demás rapaces. Su cuerpo se pudría en el cementerio humilde, bajo la cruz pintada de negro que los padres habían colocado sobre la fosa. Y el de Luaño, más arrogante y quimerista que nunca, venía todas las tardes a Vilar, a cortejar a su novia, Silvestriña, con la cual era público que iba a casar cuando vinieran las noches largas de Nadal y Reyes.

Se comentaba mucho, y con dejos de envidia, la boda. El señor de Cerbela, que tenía propiedades en Luaño, daría al nuevo matrimonio en arriendo uno de sus mejores lugares, acasarados, de los más productivos del país. Comprendía largos prados, con su riego de agua de pie; fértiles labradíos, montes leñales bien poblados de tojo, arbolado de soto de castaños, que dividía la casa de la carretera; huerto con frutales, y una vivienda mediana, unida a la pajera, herbeiro y establos. Un principado rústico, que requería, en ello estaban de acuerdo los labradores, un casero, el propósito de trabajar de alma, para sacarle el jugo; y, como dudaban de que Agustín, tan amigo de broma y jarana, tuviese formalidad para tal obra, él contestaba con firmeza:

—Lo han de ver. Cuando Agustín el de Luaño, destremina de hacer una cosa, hácela, ¡recorcio! ¡En comiendo el pan de la boda, meto ganado y un criado en la casa, espeto el arado en la tierra, se abona, se siembra y para el año veredes si ha cosecha o no! ¡Y yo a trabajar como el primero, que de cosas más malas soy capaz por Silvestriña!

Toda la aldea y todo Luaño fueron convidados al festín nupcial. Es costumbre, en estos casos, que los convidados regalen vino, pan, manjares; pero Agustín, rumboso, no consintió que nadie llevase nada. Él traía a casa de su novia sobrado con que hartar hasta los pordioseros que tocaban la zanfona y echaban coplas impulsados por el hambre. Y de beber, ¡no se diga! Vinieron dos pellejos y un tonel, amén de una barrica de aguardiente de caña. Agustín, expansivo y gozoso, contaba que el señor de Corbela le había dicho, mismo así: "Mira, que para llevar bien un lugar como el tuyo, hay que tener mucho cuidado con la bebida, y tú eres amigo de empinar." Y que él había contestado, mismo así: "Señor mi amo, las tolerías de la mocidá son una cosa y otra el juicio. El día de mi boda será el último en que beba yo por el jarro."

Menos los padres de Félise, que antes de ponerse el sol se habían encerrado en su casa, toda la aldea se refociló en la comilona. Contábase que el padre había gritado amenazas cuando los novios pasaban hacia la iglesia, y que la señora Amara, cogiéndole de una manga, imponiéndole silencio, se lo había llevado. Ante la esplendidez de la cena, se olvidó el incidente. Había montañas de cocido, jamones enteros hervidos en vino con hierbas aromáticas, pescados fritos a calderos, y pollos, y rosquillas, y negro café, realzado por la "caña" traidora. El novio menudeaba los tragos, repitiendo su frase: "Es el último día que bebo por jarro." A la novia le presentaron como cuestión de honra el beber también. Y la pareja, ya a los postres, estaba completamente chispa. A puñados, casi en brazos, los fueron llevando los mozos a la nueva casa que debían habitar. Se diría que el aire libre les aumentaba la embriaguez. Como quien suelta en el suelo un par de troncos, los tendieron en la cama. Por no encerrarlos, dejaron la puerta arrimada solamente.

Los convidados se volvieron a Vilar a continuar el festín. Sólo al otro día empezaron a susurrar, siempre en voz muy queda, no se enterase "la justicia", que los había seguido, al ir a Luaño, una sombra negra; otros dijeron que una mujer vestida de luto. Nadie precisó estos datos, y hubo quien los trató de invención.

Lo cierto fue que, a cosa de las dos de la noche, se descubrió ya, por llamaradas, el fuego que consumía la pareja y los establos, vacíos de ganado aún. Comunicado el incendio a la vivienda, las altas llamas mordieron y se cebaron en el seco maderamen. El humo salía hacia fuera; pero aún cuando hubiese alguien despierto en las casuchas más próximas, es probable que no lo viese, por taparlo la cortina del espeso soto de castaños. Los novios, asustados, sin comprender, se irguieron en el lecho, y Silvestriña gritó; pero ya era tarde, porque una cortina roja se alzaba ante sus espantados ojos, y el humo la asfixiaba. La habitación era un inmenso brasero; los chasquidos de la llama y su ronquido pavoroso ahogaban los lamentos de los moribundos, cuyos cuerpos aparecieron al otro día reducidos a carbón.

Y cuando le dieron a la señora Amara algunas comadres: "¿Ve? Dios castiga sin palo ni piedra...", ella contestó sosegadamente:

—A mín, dejádeme de eso... Yo, ya sabedes que no me meto en nada... Es mi marido el que anduvo por ahí parlando, con si Dios castiga o no castiga... Pues si castiga Dios, nosotros, ¿qué tenemos que vere? Callare...

LA GANADERA

 o podía el cura de Penalouca dormir tranquilo; le atormentaba no saber si cumplía su misión de párroco y de cristiano, de procurar la salvación de sus ovejas.

Ni tampoco podría decir el señor abad si sus ovejas eran realmente tales ovejas o cabras desmandadas y hediondas. Y, reflexionando sobre el caso, inclinábase a creer que fuesen cabras una parte del año y ovejas la restante.

En efecto, los feligreses del señor abad no le daban qué sentir sino en la época de las marcas vivas y los temporales recios; los meses de invierno duro y de huracanado otoño. Porque ha de saberse que Penalouca, está colgado, a manera de nidal de gaviota, sobre unos arrecifes bravíos que el Cantábrico arrulla unas veces y otras parece quererse tragar, y bajo la línea dentellada y escueta de esos arrecifes costeros se esconde, pérfida y hambrienta de vidas humanas, la restinga más peligrosa de cuantas en aquel litoral temen los navegantes. En los bajíos de la Agonía —este es su siniestro nombre— venían cada invernada a estrellarse embarcaciones, y la playa del Socorro —ironía llamarla así— se cubría de tristes despojos, de cadáveres y de tablas rotas, y entonces, ¡ah!, entonces era cuando el párroco perdía de vista aquel inofensivo, sencillote rebaño de ovejuelas mansas que en tanto tiempo no le causaba la menor desazón (porque en Penalouca no se jugaba, los matrimonios vivían en santa paz, los hijos obedecían a sus padres ciegamente, no se conocían borrachos de profesión y hasta no existían rencores ni venganzas, ni palos a la terminación de las fiestas y romerías). El rebaño se había perdido, el rebaño no pacía ya en el prado de su pastor celoso…, y este veía a su alrededor un tropel de cabras descarriadas o —mejor aún— una manada de lobos feroces, rabiosos y devorantes.

Cada noche, cuando mugía el viento, lanzaba la resaca su honda y fúnebre queja y las olas desatadas batían los escollos, rompiendo en ellos su franja colérica de espuma; los aldeanos de Penalouca salían de sus casas provistos de faroles, cestones, bicheros y pértigas. ¡Aquellos farolillos! El abad los comparaba a los encendidos ojos de los lobos que rondan buscando presa. Aquellos faroles eran el cebo que había de atraer a la cosa fatal a los navegantes extraviados por el temporal o la cerrazón, a pique de naufragio o náufragos ya, cuando tal vez no les quedaba otra esperanza que el esquife, con el cual intentaban ganar la costa... Llamados por las sirenas de la muerte a la playa fatal, apenas llegaban a la tierra, caía sobre ellos la muchedumbre aullante, el enjambre de negros demonios, armados de estacas, piedras, azadas y hoces... Esto se conocía por "ir a la ganadera". Y el cura, en sus noches de insomnio y agitación de la conciencia, veía la escena horrible: los míseros náufragos, asaltados por la turba, heridos, asesinados, saqueados, vueltos a arrojar, desnudos, al mar rugiente, mientras los lobos se retiran a repartir su botín en sus cubiles...

Los días siguientes al naufragio, todos los pecados que el resto del año no conocían las ovejas, se desataban entre la manada de lobos, harta de presa y de sangre. Quimeras y puñaladas por desigualdades en el reparto; borracheras frenéticas al apurar el contenido de las barricas arrojadas por las olas; después de la embriaguez, otro género de desmanes; en suma, la pacífica aldea convertida en cueva de bandidos..., hasta que los temores amainaban, el viento se recogía a sus antros profundos, el mar se calmaba como una leona que ha devorado su ración, y los hombres, mujeres y chiquillería de Penalouca volvían a ser el manso rebañito que en Pascua florida corría al templo a darse golpes de pecho y a recitar de buena fe sus oraciones, mientras enviaba al señor cura, como presente pascual, cestones de huevos y gallinas, inofensivos quesos y cuajadas...

—No es posible sufrir esto más tiempo —decidió el abad—. Hoy mismo me explico con el alcalde.

El alcalde era la persona influyente, el cacique; él vendía allá, en la capital, los frutos de la ganadera, y estaba, según fama, achinado de dinero. Al oír al párroco, el alcalde se santiguó de asombro. ¿Renunciar a la ganadera? ¡Pues si era lo que desde toda la vida, padres, abuelos, bisabuelos, venían haciendo los de Penalouca para no morirse de necesidad! ¿Bastaba la pobre labor de la tierra para mantenerlos? Bien sabía el señor abad que no. Ni aún pan había en la aldea, a no ser por la ganadera; claro, con el fruto de la ganadera se había construido la Casa de Ayuntamiento; se había reparado la iglesia, que se caía ruinosa; se habían redimido del sorteo los mozos, los brazos útiles; se había construido el cementerio. No era posible ir contra una costumbre tan antigua y tan necesaria, y ninguno de los abades anteriores habían ni pensado en ello, y Penalouca era Penalouca, gracias a la ganadera...

—¿Qué hacer, Dios mío, qué hacer?

Y el cura, al escuchar el fragor de los cordonazos, las tempestades de otoño que vienen con los dos frailes, sintió que aquel conflicto ya dominaba su alma, que se volvía loco si tuviese que arrostrar ante Él, que nos ve, la responsabilidad de haber consentido, inerte, silencioso, tantas maldades...

Cierta espantosa noche de noviembre, el párroco se dio cuenta de que debía de haber naufragio... Idas y venidas misteriosas en la aldea, sordos ruidos que salían de las casas, sombras que se deslizaban rasando las paredes, alguna exclamación de mujer, alguna voz argentina de niño... Penalouca iba a su crimen tutelar; Penalouca ya era la manada de lobos, con dientes agudos y fauces ardientes, hambrientas... El párroco se alzó de la cama temblando, se puso aprisa un abrigo y una bufanda, descolgó el Crucifijo de su cabecera y echó a correr camino de la playa del Socorro.

Cuando desembocó en ella, el cuadro se le ofreció en su plenitud. La mar, tremendamente embravecida, acababa de arrojar náufragos, sobre los cuales se encarnizaba, con guturales gritos de triunfo, la chusma.

Al uno, después de romperle la cabeza de un garrotazo, le habían despojado de un cinturón relleno de oro; al otro, le desnudaban, y con una mujer, joven aún, viva, implorante, se disponían a hacer lo mismo.

Arrodillada, lívida, la mujer pedía por Dios compasión...

El párroco alzó el Crucifijo y se lanzó entre las fieras.

—¡Atrás! ¡Aquí está Dios! —gritó enarbolando la escultura—. ¡Dejen a esa mujer! ¡El que se mueva está condenado!

Los aldeanos retrocedieron; un momento les subyugó la voz de su párroco, y les impuso el gran Cristo cubierto de heridas, semejante al náufrago que yacía allí, desnudo, y ensangrentado también. Pero el alcalde, vigilante, empedernido, fue el primero que desvió al cura, blandiendo el garrote, profiriendo imprecaciones... Y la multitud siguió el impulso y se defendió, ciega, en la confusión del instinto, en la furia del desenfreno pasional...

Pocos días después salió a la orilla, con los de los náufragos, el cuerpo del párroco, que presentaba varias heridas. También él había ido a la ganadera.

"La Ilustración Española y Americana", núm. 48, 1908.

ÍNDICE:

Made in the USA
Charleston, SC
26 December 2016